tulli's kitchen

망쳐도 괜찮아, 내가 먹을 프렌치 요리
글·사진 ©박클레어, 2025

1판 1쇄 펴냄 2025년 12월 10일

그림 박소영
디자인 박민수
제작 세걸음

펴낸이 박진희
펴낸곳 ㈜파롤앤
출판등록 2020년 9월 10일 (제2020-000195호)
주소 서울시 서초구 서초대로 396, 217호
이메일 parolen307@parolen.co.kr

ISBN 979-11-94428-05-3 03810

망쳐도 괜찮아, 내가 먹을
프렌치 요리

박클레어 요리에세이

파 롤 앤

VIN
2025
BUTTER
tullis Kitchen

들어가는 글

끼니를 챙기며 든 두서없는 생각들을 이어 붙인 책, 『부엌에서 궁리하기』 출간 이후, 변화와 발전이 오롯이 담긴 '영근' 후속작을 꿈꾸었다. 체계적(?)이고 공부가 되는 부엌 기록물을 남기겠다는 비장한 각오를 다졌다. 프렌치 요리를 조금이나마 접한 경험을 바탕으로, 읽기 편한 '참고서 한 편' 완성하리라는 포부 같은 것 말이다. '설핏 아는 자의 가벼운 입'이 되지 않도록 이참에 나부터 더 배우고 익히자는 야무진 계산도 했다. 이왕이면 시각적 새로움도 더하고 싶었다. 이 소박한 척하는 원대한 바람은 기시감 넘치는 '내 발등 내가 찍기' N차의 출발점이었다.

'낯선 음식 먹기'도 일종의 모험이라고 친다면, 역사적 배경에 관심을 두고, 간단한 요리법까지 익혀 보자는 것은 너무 나간 것일까? 우리가 밟는 땅이 넓어지고 일용할 우물도 더 깊어질 것이라고 우기고 싶다. 스마트한 세상에서 '제2외국어

배우기'와 비슷하다는 생각도 든다. 구태여 낯선 언어에 발을 담그려는 '가성비 떨어지는 행보'라니… 기본 문법들을 익히고 발음을 흉내 내는 사이, 멀었던 그 나라가 조금씩, 어느 날은 성큼, 가까워질 수 있지 않을까? 아득해서 허우적거릴 것만 같은 프렌치(요리)의 세계, 찰방대며 신나게 나아갈 수 있을 만큼만 함께 가보자. 나도 딱 그만큼까지만 가보았으니.

사전의 낱장을 우걱우걱 삼키던 그 옛날 간절한 공부 방식을 본받아, 두꺼운 프렌치 요리책 한 권 머릿속에 욱여넣고도 싶었다. 겉핥기만으로도 소화불량이 올 정도인데 말이다. 할짝거리면서 얻은 약간의 배움이 있다면 수많은 팬과 솥단지 앞에서 분투한 요리사(혹은 요리자)들과 걸출한 요리 영웅들이 함께, 방대하고도 촘촘한 질서와 체계를 직조하여 위대한 결과물을 만들어 냈다는 것, 또 그 우수한 문화상품은 신묘한 외교의 수단이 되어 국가의 홍보대사 역할도 했다는 것 등이다. 한편, 열정을 품고 진지하게 접근한 요리들은 모두 프렌치 요리와 방계 혈족이라는 속 편한 결론에 이르기도 했다. 책의 후반부 번외, 응용요리들의 정통성에 대하여, 미리 변명을 드리는 바이다. 그나마 할 줄 알고 먹어 본 기본 프렌치 요리와 소개하고픈 고난도 요리 사이에서 서성이다 답답함에 뛰쳐나가 본 결과물이다. 책 한 권도 정통 프렌치 요리로 채우지 못한 얄팍한 밑천과 진득하지 못한 성정을 부디 용서해 주시기를.

올여름 '징하디 징한' 더위 속에서도 꼼꼼하고 정성스러운 붓질을 멈추지 않고 표지와 삽화를 완성해 준 나의 2촌 자매 박소영에게 특별히 감사를 전한다. 어린 시절부터 미술 숙제도 맡아 준 착한 언니에게 돌아간 보답은 '힘드냐, 나도 힘들었다'류의 매정한 태도뿐이었다. '새로움'이란 과업을 고스란히 떠맡기고는 '찐 아마추어라는 사정은 통하지 않는다, 그저 잘하면 된다' 등등의 얄미운 채찍질만 더했다. 성실한 그림에 얹혀 가는 모자란 글이 되는 형국을 남몰래 흐뭇해하면서.

어린아이를 키우는 데 한 마을이 필요하다니, '초저속 성장형' 작가에겐 은하계로도 모자라겠다. 함께 반찬도 담고 수저도 놓아 준 이들, 마음껏 차릴 수 있도록 넓고 튼튼한 밥상이 되어 주신 모든 분께 감사드린다. 부디 '초대의 한 상'에 많이 오셔서 만족해하시기를, 고대하고 또 고대한다.

2025년 가을, 살쪄도 괜찮을 계절에
감사를 담아, 박클레어

7

1. 첫걸음 떼기

2. 레벨업

3. 마침내 중급 입성

4. 이제는 알아서 척척

1

첫걸음 떼기

핫! 뜨겁고 달큼한 양파 수프

The Hot & Sweet French Onion Soup

누군가가 입문용 프렌치 요리를 하나 추천해 달라고 한다면? 내 생각엔 '양파 수프'다. 달큼하면서도 시원한 감칠맛이 끝내주는 데다 뜨거운 국물 요리다. 해장의 효과도 있을 것만 같다. 본식에 앞서 먹는 전채요리쯤 되지만 바게트에 치즈까지 얹으면 가벼운 한 끼도 될 만하다. 만드는 방법도 그리 어렵지 않다, 적어도 이론상으론.

오랫동안 서가에 꽂혀만 있던 불어로 된 요리책을 찾아보니 설명이 길지 않다. 채 썬 양파를 갈색이 나도록 달달 볶다가 육수를 부어 간을 맞추면 끝. 여기서 이 '갈색이 나도록'이 포인트다. '카라멜라이징'이라는 것인데 그 과정에서 양파의 수분을 날리는 것이 중요하다고도 쓰여 있다. 말인즉슨 바짝 졸여야 한다는 것. 수프 한 그릇에 양파 1, 2개는 족히 들어가는 것 같다. 냉장고에 장기 체류 중인 양파가 심히 거슬릴 때 하기 좋은 요리다.

이렇게 맛도 좋고 만드는 법도 간단해 보이는 양파 수프를 자주 해 먹느냐고? 솔직히 몇 년 만에 해본 것 같다. 바로 그 '카라멜라이징'이 문제다. 양파를 갈색이 나도록 졸이는 것이 쉽지 않고 시간도 많이 걸린다. 성의 없이 대충 젓다가는 타기 십상이다. 조금만 방심해도 쉽게 타는 깨처럼 만만치 않다. 나는 잘 타지 않는 저수분 팬에 넣고 가끔만 저어 주는 편법을 쓴다. 갈색이 난 척하려고 간장을 붓기도 한다. 양파가 거의 잼처럼 곤죽이 되었을 때 국물을 붓는다. 집에 굴러다니는 양파즙 파우치를 쓸 수도 있다. 치킨스톡을 넣으면 한결 파는 맛에 가까워진다. 채수나 소고기 육수도 가능하고, 포도주나 식초 등으로 풍미를 올리기도 한다.

프랑스라고 해서 식당 메뉴에 양파 수프가 늘 있는 것 같지는 않다. 실제로 전보다는 파는 곳이 현저히 줄었다고 한다. 단순한 듯 손이 많이 가는 메뉴라서일까? '브라스리brasserie'라고 불리는 비교적 소박하고 전통적인 식당에 주로 있는 것 같다. 그곳이 어디든 메뉴에 있다면 무조건 시켜 보자. 'soupe à l'oignon', 영어와 철자가 비슷해서 알아보기 쉽고, 맛없기는 어려운 메뉴다.

어떤 다문화 가정의 양파 수프 만들기 노하우를 들었다. 양파 볶기 노동은 다른 집에서도 걸림돌이 되는 모양이다. 하루 날을 잡아 대량으로 볶은 후 냉동칸에 소분해 둔다는 것이다. 이럴 때는 남편도 팔을 걷어붙이고 함께 한다고 한다. 자기

나라 음식을 좋아해 주고 만들어 보려는 아내, 고맙고 동지애도 팍팍 샘솟을 것 같다. 두 사람의 사랑이 버무려진 양파 수프는 꽤나 달큼할 것이다. 그 집은 액젓도 넣는다고 하니 나의 눈속임용 간장 사용도 현지화의 시도라고 주장해야겠다.

국물 요리 애호가인 나의 배우자도 양파 수프 엄청 좋아라 하지만 그는 앞으로도 쭈욱 식당에 의지해야 할 것 같다. (매우 느리게) 양파 껍질 까는 것 정도나 가능할 그의 손으로는 '사랑의 단내 풀풀 양파 볶기 행사'는 무리일 듯하니.

P.S. 혹시 커플이라면 첫 데이트 때보다는 편해진 후 먹어 보기를 추천한다. 뜨겁기도 하고 실처럼 늘어난 치즈가 입술에 달라붙어 난감일 수 있다. 어쩌면 아련한 김 사이로 그(녀)의 얼굴이 '뽀샤시하게' 보이는 착시 현상을 기대해 볼 수도 있겠지만.

통조림 렌틸콩을 샤퀴테리, 당근, 케일 등과 푹 끓여 간을 맞추고 바게트를 곁들인다.

커피에 적신 쿠키 위에 바닐라 시럽을 넣은 요거트, 크림치즈 조합을 올린다. 녹차 가루를 뿌리고 산딸기를 함께 낸다.

프로피트롤

Profiteroles: Hot, Cold, Sweet, Bitter

내게 깊은 인상을 남겨 사랑하게 된 프랑스 디저트는 여럿이지만 프로피트롤은 그중 특별하다. 오래전 강렬한 대면식을 가졌기에 그렇다. 동그란 덩이들 위에 짜장 소스 같은 새까만 시럽이 빈틈없이 덮여 나온 그 디저트는 한눈에 호감은 아니었다. 하지만 뜨겁고 매끄럽고 쌉싸름한 다크 초콜릿 너머 바삭한 슈를 지나 차가운 바닐라 아이스크림을 만난 순간, 첫인상은 정정되었다. 혀가 여러 번 놀라는 반전의 연속, 이름은 어렵지만 맛은 그렇지 않은, 대비의 묘가 두드러진 신기한 프로피트롤. 부풀어 속이 빈 바삭한 번bun에 달콤한 속 재료를 넣고 초코시럽을 뿌려 먹는 것이 일반적이나, 짭짤하게 속을 채워 전채요리로 먹거나 크루통처럼 수프에 넣어 먹기도 한다. 공 모양의 작은 빵을 일꾼들에게 작은 소득profit의 의미로 나누어 준 것에서 이름이 유래했다는 설도 흥미롭다.

앙증맞은 양배추 모양의 프로피트롤에 대해 조금 파 보니 주렁주렁 엮인 이야기들이 딸려 나온다. 르네상스의 중심, 피렌체 메디치가와 프랑스 부르봉 왕가의 세기의 결혼이 낳은 결실 중 하나가 바로 이 프로피트롤이다. 카테리나 데 메디치가 데려간 요리사의 반죽을 기본으로 마리 앙투안 카렘이라는 프랑스 요리사가 발전, 정립시켰다고 한다. 빈곤한 가정 출신의 자수성가한 이 걸출한 셰프는 여러 권의 저서를 남겨 프랑스 요리를 체계적으로 집대성한 것으로 유명하다. 그는 유력한 인사들의 요리사로 다년간 일하면서 섬세하고 화려한 요리, 특히 디저트류를 발전시켰다. 원뿔 모양의 프랑스식 웨딩 케이크도 그의 작품으로 알려져 있다. 구축(構築)에 관심이 많았던 카렘은 디저트 등을 탑처럼 높이 쌓아 귀족들의 파티 상차림을 화려하게 장식하는 데 능했다고 한다.

여기서 나는 프로피트롤과의 또 다른 인연을 발견하고 만다. 파리의 내 결혼식 피로연장에 세워졌던 거대한 원뿔, 그것은 카라멜과 녹인 설탕을 이용해 쌓아 올린 결혼식의 꽃, 프로피트롤 웨딩 케이크였던 것이다. 사실 그날 그곳에는 강렬한 원뿔 하나가 더 있었다. 여기저기 바닥을 쓸고 다닌 난데없는 꽃분홍 원뿔은 바로 페티코트로 잔뜩 부풀린 나의 한복 치마였다. 그 시절의 유행이 반영된, 화려하기 짝이 없는 드레스형 한복은 단 한 번 그곳에서 자태를 뽐내다가 오랜 세월 상자 안에 유폐되어 있다. 멋진 거대 원뿔형 케이크에 감탄할 틈도 없이, 나는 거추장스러운 한복을 입고, 생전 처음 춰 보는 왈츠 스텝을 밟느라 고군분투해야 했다. 왜 하필 대학교

tulli's kitchen

체육수업마저 스포츠댄스 같은 것이 아닌 '살풀이'였던 것인가. 전통적으로 긴 칼을 이용해 부수듯 케이크를 자른다는데 그런 디테일은 하나도 기억에 없다. 덩그러니 접시에 올려진 프로피트롤 몇 알을 뒤늦게 발견하고 조금 맛보았을 뿐이다.

다른 수많은 쟁쟁한 디저트들을 맛보느라 프로피트롤을 오랫동안 잊고 있었다. 간간이 주문은 해보았으나 그 모양 그 맛이 아니었다. 뜨거운 다크 초코 범벅이었던 그 극단적 비주얼은 끝내 찾을 수 없었다. 초코시럽이 슬쩍 지나만 간 싱거운 모양새에 매번 실망만 했을 뿐.

뜨거움, 차가움, 달콤함, 쌉쌀함 같은 이질적인 것들이 입안에서 만나 하모니를 이루던 낯선 이름의 디저트. 알알의 슈페이스트리가 끈끈이 재질 설탕의 힘으로 강력접착되어 늠름히 서 있던 웨딩 케이크, 알고 보니 역사적 결혼동맹의 결과물인 것이 재미있다. 바리바리 한 문화를 통째로 싸 들고 간 어떤 신부의 보따리 안에도 '용기'는 필요했을까?

1. 저민 감자를 올리브유와 소금에 버무려 오븐에 구워 낸다.
2. 칼집 낸 제철 도미를 기호에 맞게 양념한 후 굽거나 튀겨 낸다.
3. 풋귤을 잘라 장식하고 먹기 직전에 뿌려 준다.

어린 잎채소, 경수채, 유채꽃, 래디시, 망고 위에 올리브유, 레몬즙, 알룰로스 섞은 샐러드 드레싱을 곁들인다.

신기한 아는 맛 프렌치 수프, 포토피

이질감 제로 프랑스 국물 요리로 '포토피'라는 것이 있다. 덩어리 고기, 당근, 파, 양파, 양배추, 순무, 감자, 셀러리 등등을 함께 푹 끓인 것이다. 춥고 으슬으슬할 때, 국물 요리가 당길 때 안성맞춤이다. 파리 시댁 아파트 건물 1층에 포토피 전문 식당이 있었다. 특별하진 않아도, 익숙해서 그게 또 신기한, 푸짐한 프랑스 시골풍 요리였다. 전통 요리법을 살펴보면 골수가 든 뼈, 도가니도 넣는다고 되어 있다. 너무 어른스러운 메뉴인 포토피보다는 그 집의 다른 대표 메뉴인 새콤, 달큼한 프랑스식 대파 요리가 더 좋기도 했다. 꽤 오래 그 자리를 지켰던 식당은 아쉽게도 다소 평범한 식당으로 바뀌었고 손님은 더 많아졌다.

추천받은 프랑스 영화 〈프렌치 수프〉 속에 반갑게도 포토피가 언급된다. 원제는 '도댕 부팡(남자 주인공의 이름)의 열정'이고 그는 '미식계의 나폴레옹'이라고 칭송받는 요리 장인이다. 여주인공 의제니(쥘리에트 비노슈 분)와 함께 일한다. 20년간 동료이며 연인인 두 사람이 메뉴를 의논한다. 아시아에서 온 왕자로부터 엄청나게 길고 화려한 식사 초대를 받고 그 보답으로 준비하는 초대 밥상의 메인 메뉴가 포토피라니, 의제니는 너무 힘을 뺀, 초라한 요리로 비춰질 것을 걱정한다.

이 영화는 일종의 여성영화로도 읽힌다. 도댕 못지않게 의제니, 하녀의 사촌 폴린 또한 탁월한 요리 재능을 지녔다. 거듭된 청혼 끝에 드디어 결혼을 약속한 지 얼마 되지 않아 의제니는 갑작스러운 죽음을 맞이하고 도댕은 거의 곡기를 끊고 괴로워한다. 어린 폴린에게 약속한 도제 수업도 거절할 정도다. 어렵사리 일상은 되찾은 후에도 의제니를 대신할 요리사를 찾지 못하고 폴린과 둘이서만 합을 맞출 뿐이다. 친구의 도움으로 우연찮게 발견한 적임자를 찾아 서둘러 부엌을 나서는 도댕과 폴린의 뒷모습이 영화의 엔딩인가 했다. 하지만 카메라는 빈 부엌을 한 바퀴 느리게 보여 주더니 진정한 결말을 보여 준다. 의제니가 도댕에게 묻는다. 자기가 그동안 그에게 어떤 의미였는지. 아내였는지, 요리사였는지. 도댕, 말 잘해야 해, 알지? '둘 다!'라는 안전한 답 대신, 현명한 남자 도댕은 정답을 말한다. 요리사였다고. 여름을 사랑한 의제니의 인생은 가을, 겨울을 맞기도 전 뚝 끊어져 버렸지만 그녀의 삶은 견습생 폴린에게 이어져 갈 것이다. 폴린은 피는 안 섞였지만 도댕, 의제니의 2세이기도 하니까. 선진적 방식의 채소밭 집 딸 폴린은 타고난 예민한 혀와 더불어 굉장한 백그라

운드를 지녔다. 채소에 관한 한 선행학습이 완벽하니 다른 지식과 경험, 올바른 지도가 더해지면(시대가 방해만 하지 않는다면) 독자적인 여성 셰프가 될 수 있을 것 같다. 어쩌면 속편은 '폴린의 열정'이 될 수도.

만수르 스타일로 도전을 해온 아시아의 왕자에 맞선 요리계의 나폴레옹, 열정 부자 도댕의 답례 밥상은 아쉽게도 준비과정 정도만 나온다. 숙련된 요리사인 의제니가 보기에도 위험하면서도 대담한 선택인 포토피는 어떤 식으로 구현이 되려나? 아마도 최적의 식재료들이 마법을 부리는 그런 요리가 아닐까?

아주 가끔, 좋은 재료들이 한데 모였을 때 만들게 되는, 파리의 그때, 그곳에 있어서 맛볼 수 있었던 특별한 인연의 포토피, 이 겨울에 어울리는 국물 요리다.

조금 색다른 곰국, 식당 메뉴에 없다면 할 수 없지, 내 손으로 만드는 수밖에!

초록 잎채소 위에 얇게 채 썬 사과와 견과류를 얹은 후 올리브유, 유자청,
식초를 섞은 드레싱을 뿌린다.

딸기 등의 베리를 섞어 색을 낸
그릭 요거트 위에 잘 익은 무화과
를 얹고 다진 피스타치오, 꿀 등
을 뿌려 준다.

스텍 타르타르

The Never-Fail Classic:
Steak Tartare

크게 거부감이 없을 프랑스 요리를 소개하고 싶은 마음에, 스텍 타르타르를 마음속에 점 찍고 있던 차였다. 동네 정육점에 들렀는데 마침 육회용 고기를 썰고 있는 거다. 이런 좋은 기회를 놓칠 수는 없지.

스텍 타르타르는 서양식 육회다. 생고기를 양념하여 달걀노른자를 얹는 것까지 유사하다. 우리 육회와는 양념 맛과, 채를 치는 대신 굵게 다지는 것이 다른 정도? 어릴 적 헤어져 다른 환경에서 자란 일란성 쌍둥이를 보는 느낌이다. 스텍 타르타르의 기원이 몽골인들이 먹던 생고기라는 설이 있으니 실제로도 느슨한 관계성 정도는 있을지도 모르겠다. 한때 유라시아를 호령했던 몽골의 영향은 식탁 위까지 번진 모양이다. 유럽을 포함, 세계 각지에 생고기 요리가 존재한다고 한다. 프랑스에서는 19세기에 진미로 널리 알려졌다고 하는데 지금은 특정 계층이 즐기는 고급 요리라기보다는 대중적이고 친숙한 요리다.

레시피를 찾아보니 보통 올리브오일, 소금, 후추, 이탈리안 파슬리, 샬롯(작은 양파의 일종), 케이퍼, 레몬 등등을 넣는다고 되어 있다. 나는 자색 양파를 다져 넣고 마늘 가루, 디종 머스터드를 추가했다. 먹어 보니 문턱 낮은 내 입맛에는 합격이다.

신선도에 각별한 신경만 쓴다면 실패 없을 메뉴로 스텍 타르타르만 한 것도 없다. 와인 파티의 메뉴로도 제격이다. 카나페 형식으로 빵이나 크래커, 또는 적당한 채소 위에 얹어서 내놓아도 좋을 메뉴다. 지방이 없는 살코기, 우둔살 등을 주로 이용하니 재료비 부담도 덜하다. 친숙한 외모에 반전의 맛을 담고 있어 외식이든 혹은 가정식으로든 시도해 볼 만하다.

프랑스식 외식을 할 때, 우리 집 고기 덕후들이 즐겨 주문하는 메뉴 중 하나가 바로 스텍 타르타르다. 특유의 풍미가 있고 주로 바삭한 감자튀김과 함께 나오니 이래저래 안 시킬 수가 없나 보다. 집에선 좀처럼 먹기 힘든 음식이라는 계산까지 더해졌을지도.

앗! 이러면 안 되는데 실수했다. 밖에서만 먹(는 줄 알았)던 요리를 집에서 만들다니. 세상에 이런 음식이 많아져선 곤란하거늘 내가 잠시 방심했다. 그래도 뿌듯한 것은 어쩔 수 없

33

다. 잔혹한 초원의 정복자들이 남기고 간 야생의 맛을 내 손 끝으로 다스리는 것, 새로운 식탁의 통치 방식일지도 모르겠다.

조각낸 사과, 오이 위에 각종 견과류, 건과일, 석류알갱이를 얹고 요거트, 아보카도오일, 화이트 발사믹식초를 섞은 드레싱을 곁들인다.

칼집 넣은 무화과를 벌려 요거트를 뿌리고 꿀 아몬드와 제과용 스프링클로 장식한다.

프랑스 메밀전, 갈레트

이거 아니다, 지난여름 본고장 프랑스 브르타뉴 지역에서 먹은 갈레트의 위풍당당한 모양새는. 33cm 전용 팬에서 태우듯 진한 갈색으로 구워 낸 반죽 위에 치즈와 햄, 달걀이 올려진 꽉 찬 그 느낌 절대 아니다. 소심하고 어설픈 내 갈레트는 탄력 있는 원물에 한참이나 못 미친다. 이럴 줄 뻔히 알고, 토핑만 얹으면 되는 마트 제품을 사 왔으나 게으름을 피우다 못 쓰게 되고 말았다.

전에 관한 불변의 진실 하나는 처음 것은 언제나 너덜너덜 구멍이 나거나 너무 두껍게 되어 버린다는 것이다. 어찌어찌 팬에 적응해 슬슬 자신감이 올라올 무렵, 이번에는 반죽이 바닥나 버린다. 또 한 가지 불편한 진실은 갓 팬에서 구워져 나온 뜨끈한 전은 국적을 막론하고 누구에게나 사랑받는다는 것. 만들기 번거로운 것들은 늘 인기가 많다.

갈레트는 프랑스 메밀전이다. 우리 메밀의 본향이 서늘한 동쪽 강원도라면 프랑스는 서쪽 끝 브르타뉴다. 로마 제국에서 벗어나자 이번에는 게르만의 침공으로 바다 건너 프랑스 서쪽 지방으로 밀려난 그 옛날 브리타니아인들의 흔적은 브르타뉴란 이름, 켈트어의 영향까지 보인다는 특이한 언어에 남아 있다. 바이킹도 수시로 침노했다니 짠한 땅끝 지역의 애환을 보여 주는 듯하다. 1년의 3/4은 비가 오고 땅은 척박하였는데 동양에서 건너간 메밀이 잘 맞았다고 한다.

갈레트는 얇고 크게 부쳐 어딘가는 접어야 접시에 담긴다. 끼니가 될 만한 토핑을 위에 얹는 것이 보통이지만 완전히 감싸 속 재료가 보이지 않게 만들기도 한다. 수수하고 담박한 우리 메밀전의 잔상 때문에 화려해 보일 뿐, 소박하고 단순한 향토 요리가 맞다. 우리가 흔히 알고 있는 크레프는 밀가루 반죽을 사용하여 보다 부드럽고 초코시럽, 설탕, 과일, 크림 등을 얹어 디저트의 역할을 한다. 브르타뉴에서는 본식으로 짭짤한 갈레트, 후식으로 달콤한 크레프를 고른 후, 사과로 만든 특산주 시드르cidre를 곁들이면 확실한 관광객용 한 상이 완성된다.

가난하고 인구가 많았던 브르타뉴에서는 파리 몽파르나스가 종착역이 되는 기차 노선이 완성되자 자식들을 파리로 파리로 보냈다고 한다. 그 덕에 몽파르나스 역 근처에는 브르타뉴 출신들이 문을 연 크레프 식당이 많이 생겨났다. 크레프(갈

레트) 애호가라면 프랑스의 호시절, 예술가들이 활보했던 몽파르나스의 맛집 거리에서 1끼, 2크레프를 먹는 호사를 누려 볼 만하다. 전에 배부르고 시드르에 취하면 명사들의 아지트였던 유서 깊은 카페들을 방문하여 에스프레소로 나른함을 씻어 낼 수도 있다. 탕약처럼 쓴맛에 잠이 확 달아난다.

비가 많이 올 거라는 우려와는 달리 너무도 양명했던 브르타뉴, 고소한 냄새를 풍기며 등장한 갈레트에 대한 기억은 아직 온기를 지니고 있다. 짧은 일정이어서 물릴 만큼 먹지는 못했지만 어딜 가도 팔고 있어서 안 먹어도 먹은 느낌이었다.

프랑스 서쪽 땅끝 프앵트 뒤 라Pointe du Raz에서 사 온 기념품 자석 위 '세상의 시작점에서'란 글귀가 마음을 울린다. 청운의 꿈을 품고 파리행 기차에 몸을 실은 브르타뉴 젊은이들이 얼마나 성공을 하고 부자가 됐는지 우리는 모른다. 하지만 그곳에서 시작된 갈레트(크레프)는 조금 변형된 모습이긴 해도 몇 개의 대양과 땅들을 넘고 넘어 대한민국 유명 백화점에도, 후미진 시장 골목에도 있다. 이런 '시작'도 좋다.

색색의 에어룸 토마토
에 루콜라를 곁들이고
건과일, 코코넛 청크,
드레싱을 뿌려 준다.

크래커 위에 생무화
과, 건무화과, 치즈, 다
래 등을 얹어 에스프
레소와 함께 낸다.

잘 나가는 성탄절 음식은 무엇?

So What's the Coolest Dish at Christmas?

우리나라의 성탄절 음식은 치킨과 케이크란다. 피식 웃다가 설득된다.

치킨이야 여기저기 불려 다니느라 바쁘신 몸인 건 알겠고 케이크는 더 고개가 끄덕여진다. 늘 먹던 밥상에 알록달록한 케이크 한 판만 척 올려놓으면 바로 크리스마스 만찬상이 되는 마법이 일어난다. 어느 해 크리스마스이브에 지옥철을 탔더니 웬만한 남자분들은 다 손에 손에 케이크 박스를 들고 있었다. 어쩌면 머리 위에 올려 두었을지도.

크리스마스의 케이크는 옛 시절 월급날 전기 통닭의 위상일지도 모르겠다. 트렌드에 민감하다면, 혹은 판매 직원의 권유를 적극 수용하는 편이라면, 흔한 생크림 케이크 대신 슈톨렌이나 파네토네를 준비할 수도 있다. 요즘 이탈리아의 크리스마스 빵인 파네토네의 기세가 대단하다. 이번 시즌에만 몇 번을 얻어먹었다. 부드러운 맛이라 우리 취향에 더 잘 맞는 것 같기도 하다. 이국적 향신료 맛이 강해 슈톨렌이나 파네토네가 처음에는 별로더니 이제 점점 익숙해지는 게 신기하다. 고수 향에 점점 중독되는 것과 비슷하려나.

다른 나라 크리스마스 디저트는 이제 좀 감이 올 것도 같은데 음식은 무얼 먹는 걸까? 원조 기독교 문화권 나라들에서 크리스마스는 우리의 설, 추석 명절과 비슷한 위상이다. 흩어져 살던 가족들을 한데 모으는 명절 음식 중 대표적인 것이 칠면조구이라고 한다. 추수감사절 음식 정도로만 알고 있었는데 광범위한 축제 음식인 모양이다. 큼지막한 사이즈에 곁들임 채소들을 빙 둘러 담아 풍성하고 흥겨운 분위기를 만들어 낸다. 칠면조는 불어로 댕드dinde인데 원래는 poule(닭) d'Inde(인도의)에서 뒤만 남았다고 한다. 아메리카 대륙을 인도로 알았던 시절의 흔적으로, 칠면조는 이곳이 원산지다. 유럽으로 건너갔다가 이민자들로 인해 지금은 미국의 대표적 명절 음식으로 여겨지고 있는 것이 재미있다.

돌이켜 보니 칠면조와 나 사이에 콩알만 한 인연이 있다. 내가 다녔던 초등학교에 무섭게 생긴 칠면조들이 있었다. 키가 훌쩍 크고 생김은 기이하면서 툭하면 괴성을 지르던 녀석들을 식용이라고는 생각도 못 했다. 두려우면서도 은근히 끌리는 괴물처럼 아이들은 칠면조 주변을 서성이며 특이한 울음소리를 따라 내곤 했다. 한때는 육류 확보를 위해 농가에 보

급되었다가 너무 많은 사료가 들어 실패했다고도 하고 지금은 키우는 농가가 늘고 있다는 소식도 있다. 칠면조가 아이들을 괴롭혔다면 그토록 제약 없이 운동장을 돌아다니지는 못했을 것이다. 식욕을 불러일으키지 않는 외모와 추수감사절이나 크리스마스 만찬이 없었던 시절이었던 것도 생존 비법이었을까?

프랑스의 칠면조 요리 동영상을 찾아보니 삼계탕용 닭에 이것저것 채워 넣듯 다진 닭고기 살, 버섯, 귀한 푸아그라까지 넣는다. 대표적 부재료 밤은 우리 삼계탕과도 겹치는 부분이어서 친근감이 간다. 오븐에 넣어 저온으로 오랫동안 익히는 것이 부드러운 식감을 만드는 비법이라고 한다.

크리스마스 만찬에는 당연히 칠면조뿐 아니라 훈제 연어, 생굴, 관자, 푸아그라 등등 각종 진미가 총출동한다. 공식 디저트는 장작 모양 초콜릿케이크 '뷔슈 드 노엘'.

칠면조 대신 사이즈 큰 토종닭을 밤, 마늘, 버섯을 곁들여 구워 보았다. 식탁에서 자리를 많이 차지해 다른 걸 덜 차려도 되는 장점이 마음에 든다.

어쨌거나 우리나라 크리스마스 음식이라는 (칠면조 대체품) 치킨을 맛본 성탄의 밤이었다.

셀러리, 파프리카 등
을 잘라 요거트 딥 위
에 꽂아 둔다. 다시마
부각, 버터헤드 위에
얹은 파테, 멜론과 딸
기, 딜과 피칸 정과를
얹은 당근라페, 적양
배추 샐러드를 샴페인
과 함께 낸다.

사골육수나 채수, 우
유 베이스 등으로 순
무 수프를 끓인다. 삶
은 고구마, 그릭 요거
트로 모양을 잡은 후
딜과 빨간 파프리카로
장식한 트리를 함께
낸다.

자정의 유혹, 수뻬를 아시나요?

The Midnight Call of Souper

부주의한 음식 주문은 흑역사가 된다. 나는 이것을 오래전 프랑스에서 경험했다.

성존 불어만 겨우 할 줄 알았던 시절이었다. 남편 친구인 E의 파트너 C가 저녁마다 연극 공연을 하고 있어서 근처 식당에서 만나기로 했다. 그때는 잘 몰랐지만 프랑스에서는 공연 등이 끝나고 수뻬souper라고 하는 야식을 먹는다고 한다. 두 장정은 그 집의 시그니처 메뉴, 자레jarret를 주문했다. 딱히 아는 메뉴도 아이디어도 없는 데다 궁금하기도 해서 "저두요!"를 외쳤다. 양이 많을 수도 있다고 한 E의 충고를 귀담아들었어야 했다. 늦은 시간, 접시 위에 나온 것은 무거운 아령같이 생긴 돼지 정강이었다. 이제 와서 생각하니 독일 족발 학센 같은 거였지만 충격과 공포에 사로잡힌 그 밤에는 학센의 2배쯤의 존재감으로 다가왔다. 이후 학센을 몇 번은 먹어 보았는데도 그날의 요리가 떠오른 적이 없는 걸 보면, 긴긴 세월

악몽 같은 '돼지 아령'을 머릿속에서 지우고 있었는지도 모르
겠다.

그날의 여주인공 C가 시킨 것은? 수뻬의 정석, 잘게 부순 얼
음 위에 레몬과 함께 점점이 놓인, 석화 한 접시였다. 참으로
탁월한 선택이었다. 도움을 청하려고 남편 쪽을 보았지만 그
도 아령을 상대하느라 분투 중이었다. 결국 나는 평소 극혐하
는 한심한 사람이 되고 말았다. 아깝게 시켜만 놓고 배부르다
고 내팽개치는. 최악인 것은 그 와중에 친절한 C가 예의상 권
한 굴을 홀린 듯 몇 개나 받아먹었다는 사실. 원래 몇 개 되지
도 않던 굴이었다.

프랑스를 여행한 적이 있다면 길가 식당의 갖가지 해산물 플
래터에 넋이 빠져 본 경험이 있을 것이다. 낮에도 충분히 매
력적이지만 밤에는 더 근사하게 보인다. 샴페인, 촛불, 사람
들의 행복한 표정들이 함께하는 식탁은 정말 환상적이다. 실
제 먹어 보면 익히 아는 그 맛인데도 말이다. 우리에게도 바
닷가 여행의 로망인 모둠회가 있지만 느낌과 정취는 결이 조
금 다르다.

해산물 플래터의 '핵심 전력'이랄 수 있는 굴의 맛과 생김은
다양하다. 어느 바다에서 왔는지에 따라 가격도 다르다. 기쁨
인 동시에 고통일 때가 많은, '선택'의 과정이 필요하다. 종류
까지는 아니라면 개수라도 골라야 한다. 아무래도 비싼 게 맛

있는 것 같기는 하다. 보기에 제일 설레는 것은 빨간 바닷가 재가 얹혀 있는 플래터다. 언제 보아도 위풍당당하고 눈길을 사로잡는 비주얼이다. 그 옛날 동심을 저격했던 '종합 선물 세트'처럼 실속과 무관한 환상을 선물한다.

얼마 전 초대받은 댁에서 손수 깐 굴을 잔뜩 대접받아, 집에 서는 저렴한 홍가리비와 새우로 플래터를 꾸며 보았다. 소신 껏 배치하면 되어서 플레이팅이 어렵지 않고 홈 파티용으로 적합하다. 가정에서도 얼음을 까는 등 약간의 노력을 더하면 전문 업장의 느낌이 나면서 한층 멋스러울 것이다.

아직도 잊지 못할, 자정의 '돼지 아령' 참사는 한 번의 안이한 선택이 난관을 불러올 수 있다는 교훈을 준다. 지금이라면 참 사도 아닐 텐데 인생 최저 몸무게를 찍고 있던 당시의 나는 너무 미약했다. 외국에 나가더라도 음식 주문할 때는 최대한 집중해 보자. 대충 주변 사람에게 물어갈 생각 말고 한 번 더 생각하는 신중함이 필요하다. 그래야 소중한 돈도 아끼고 자 기만 아는 굴욕을 평생 간직하는 불행을 피하게 된다.

P.S. 다정한 한 쌍 E와 C는 이런저런 갈등을 해결 못 하고 한 참 후에 헤어졌다. 무명의 배우였던 C는 인정받는 중견 연출 가가 되었다고 몇 년 전 만난 E가 알려 주었다. 그는 무척이나 자랑스러워했다. 역시 멋진 파리지앵 커플답다.

요거트 드레싱을 곁들인 딸기, 셀러리, 초록 잎채소, 견과류 모둠을 만든
다. 브로콜리, 콜리플라워도 곁들인다.

속이 노란 고구마를 익혀 우
유, 치킨스톡과 함께 곱게 갈
아 준다.

채우는 맛! 토마토, 양파 팍시

Stuffed with Flavor! Tomato & Onion Farci

야구공 크기의 토마토와 양파를 고른다. 구멍이 나지 않도록 조심하면서 속을 정성껏 파낸다. 양념한 고기소를 채워 오븐에 넣고 좋은 냄새가 날 때까지 굽는다, 끝!

배는 든든하지만 요리법이 너무 간단해 허무하다면, 약간의 불어 공부로 채워 보자. 발음이 요상한 팍시farci는 '채워진' 정도의 뜻이다. 오늘은 토마토, 양파를 사용했지만 육, 해, 공을 아우르는 각종 재료들이 farci가 가능하다. 가지를 사용하면 가지 farci, 파프리카를 사용하면 파프리카 farci가 된다. 불어는 꾸며 주는 말이 뒤에 위치하므로 재료의 뒤에 붙어 형용사의 역할을 한다. 동사는 farcir, 명사는 farce로 라틴어에서 유래했다고 한다. 흥미로운 것은 명사 farce의 다른 뜻이다. 연극 용어로 '가벼운 소극'을 의미한다. 중세 시대의 진지하고 긴 성극 사이에 지루함을 덜기 위해 끼워 넣은 익살스러운 파트에서 뿌리를 찾을 수 있다고 한다. '채워넣기계'의 신의 한 수 같은 것이었을까? 언젠가 한 방송국의 녹화 음악회에 가본 적이 있다. 본방에는 나오지 않는 보조 사회자가 중간중간 등장하여 능수능란한 말솜씨로 관객들을 휘어잡았다. 녹화 시의 준수사항 같은 것을 재미있게 전달하며 분위기를 띄우고 있었다. farce도 그런 역할을 했을 것 같다. 음식과 가벼운 촌극이 이렇게 연결된다.

구멍 내지 않고 양파 파내기, 몰라도 하등 상관없는 불어 공부를 마치면 정말 어려울 게 없다. 알고 보면 생판 초면인 요리도 아니다. 자주 그렇듯, 우리에게도 비슷한 것들이 있다. 찹쌀과 각종 재료로 속을 채운 삼계탕, 터지기 일보 직전인 오징어순대는 좋은 예다. 채워넣기라면 우리도 어디 가서 뒤지지 않는다. 표고버섯, 풋고추의 오목한 쪽에 고기소를 채워 전을 부치기도 하고 만두나 찐빵도 빵빵하게 잘 만든다. 도무지 속을 알 수 없는 송편도 마찬가지다. 오이도 칼집을 내 부추소를 쏙쏙 요령 있게 박아 넣는다. 다른 동네로 가면 이탈리아의 만두 라비올리가 떠오르고 반달 모양 피자 깔조네도 생각난다. 어쩌면 전 인류의 오래된 요리기법일 것이다. 어린이 잡지에서 본 낙타 요리에 대한 묘사에 의하면 거대한 낙타 속에 양이 들어 있고 그 속엔 칠면조, 다음엔 닭, 마지막으로 달걀이 들어 있다던가. 러시아 인형 마트료시카의 요리 버전, 채워넣기 로망의 끝판왕 같은 그 요리는 진짜 존재하는 것일까?

farces

정성은 필요하지만 고난도 기술은 필요치 않다는 점이 각종 farci 요리들의 큰 미덕이다. 물론 '정성'에 유념해야 한다. 시간과 인내심이 필수다. 겉 재료와 속이 분리되지 않도록 꽉꽉 욱여넣는 기술 정도는 연마해야 한다. 소의 맛도 잘 다스릴 필요가 있다. 겉 재료와의 조화와 간도 생각해야 하고 속까지 잘 익을 수 있도록 불 조절도 해야 한다. 오븐에 구워 내는 것이 보통이지만 여름에는 생으로 먹을 수 있도록 구성할 수도 있다.

요리 초보들도 도전해 볼 만한 새로운 듯, 익숙한 요리 *** farci. 먹을 수 있는 용기가 되어 줄 ***도 내 맘대로, 채워 넣을 속 재료도 내 맘대로다. 프랑스 식당에 가더라도 어딘가에서 farci라는 글자를 찾는다면 걱정을 내려놓자. 충분히 맛있고 정겨운 음식이 나올 것이므로.

마지막 불어 공부 추가! 꾸며 주는 말의 성, 수에 따라 변화하는 형용사 farci는 때로 뒤에 e, s 등이 붙어 있을 수도 있으니 놀라지 말 것.

1. 킹크랩 육수에 비스크 농축액, 치킨파우더, 채소, 브리치즈를 넣어 수프로 완성한다.
2. 보라무, 콜라비, 셀러리를 길게 자른 후, 비트로 색을 낸 요거트 드레싱과 함께 낸다.

옐로우 파파야의 속을 파내고
조각낸 배를 채운 후, 고명을
얹는다.

더 잘될 거야, 홍합요리!

까맣고 반질반질하며 한쪽 끝은 둥글고 한쪽 끝은 뾰족하여 새의 부리가 연상되는 홍합, 하찮아 보이는 이 녀석의 정체가 흥미롭다.

값으로 매기면 하위권에 속하는 조개다. 속살은 주황이거나 연한 베이지다. 암컷이 주황이고 좀 더 맛있다고도 한다. 흔해 빠져서 짬뽕에도 들어있고 해물 파스타에서도 많이 본다. 존재감이 없진 않으나 다른 식재료를 받쳐 주는 역할을 할 때가 많다. 껍질째 넣으면 음식이 풍성해 보이고 도드라진 색 때문에 활력을 준다. 가끔 홍합밥처럼 주연일 때도 있지만 이번에는 무슨 보물이라도 된 듯 밥 속에 꼭꼭 숨어 있다. 포장마차의 기본 국물로 제공되던 홍합이 어딘가에서는 귀하게 대접받고 있다는 게 사실일까?

한국에서 성공할 거라 확신한 프랑스 요리가 있다면 그건 홍합요리다. '조개 강국'인 한국에서 홍합의 위치는 상대적으로 한미해서인지 생각보다 안 뜨고 있다. 아쉽기도 하고 수긍이 가기도 한다. 프랑스에 사는 가족들도 서해안 조개구이집의 끝없는 조개행렬에 넋이 나가는 걸 본 적이 있어서 그렇다.

내 좁은 식견으로는 프랑스에서 조개는 만만한 가격이 아니다. 대도시 파리에서는 그랬다. '가난한 자들의 굴'이라는 홍합은 그래서 좋은 선택지가 되는가 싶다.

인생 홍합요리를 먹은 것은 프랑스의 대중적인 리조트에서였다. 식당에 갔더니 다른 메뉴가 있었음에도 모두 홍합요리를 먹고 있었다. 분위기에 휩쓸려 주문은 했지만 큰 기대는 하지 않았다. 인근에 바다가 있는 것도 아니었고 관광지 음식에 대한 기대도 높지 않았다. 잠시 후, 주문에 따라 각자의 항아리에 원하는 양념으로 나온 홍합들은 예상을 깨는 맛이었다. 우리는 모두 '조개 먹는 사람들'이 되었다.

익힘이 지나치면 홍합살은 급격히 퍽퍽해진다. 국물 맛은 인정받으면서도 저평가되어 온 이유일 것 같다. 쫄깃한 맛을 즐기는 우리 입맛에는 특히 그렇다. 그래서 양념이 중요한 것도 같다. 이걸 잘하고 있는 것이 바로 프랑스식 홍합요리다. 화이트와인, 버터, 셀러리, 양파 등의 기본양념 맛, 크림을 듬뿍 넣어 고소한 맛, 토마토와 허브를 넉넉히 넣은 프로방스 스타일 등 변주가 가능하다. 사프란이나 커리(카레)를 넣을 수

tulli's kitchen
Menu
Salade Verte
Moules Frites
Crème glacée
VIN

도 있다. 신기한 것은 포크나 손을 사용하지 않고 빈 껍데기 하나를 이용해 살을 파 먹는다는 것이다. 어디 가서 프랑스식 홍합요리 먹어 본 티를 내려면 꼭 껍데기를 이용해 보자.

평범한 관광지 식당에서 먹은 홍합요리가 왜 걸작이었을까? 원재료에 대한 철저한 관리 때문이었을 것이라는 추측이다. 알고 보니 프랑스에서는 홍합 양식 품질 관리에 꽤나 공을 들이고 있다고 한다. 유럽산 식품 구입 시, 믿고 사는 품질 보증서가 되는 AOC, AOP는 기본이요 다른 쟁쟁한 후보들 다 제치고 최초로 '전통 특산물인증 STG'로 인정된 종류도 있다니 '하찮지 않은' 면모에 그만 놀라게 된다. 유럽에서 본격적인 홍합 양식이 시작된 곳도 프랑스 북서부 해안 지역이어서 홍합요리가 맛있는 건 어쩌면 당연한 귀결일 수도 있겠다. 항아리 그득 나올 때는 '이걸 다?' 싶지만 잠시 후엔 엄청난 조개 무지에 머쓱해진다.

기본 맛, 사프란 맛, 크림 맛, 프로방스풍 4가지로 만들어 보았는데 담아 놓으니 거의 변별력이 없어 당황스럽다. 보통 감자튀김, 빵과 함께 나와 더없는 환상 케미를 자랑한다. 작심한 달 다이어트 중이라 주황 파프리카 조각으로 대신했는데 상큼한 맛이 나름 잘 어울린다.

'공들인' 것들은 배신하지 않음을 보여 주는 프랑스식 홍합요리, '자세히 알면 더 맛있다!'의 좋은 예다.

홍합 육수에 우유, 생
크림, 감자 등을 넣고
갈아 준 후, 홍합살 꼬
치로 장식한다.

산딸기를 다져 넣은
요거트 위에 수박과
초콜릿 조각을 꽂아
넣는다.

프랑스식 가자미 구이, 솔 뫼니에르

Sole Meunière: A Classic French Fish

솔 뫼니에르sole meunière를 처음 접했을 때 들은 설명이 인상적이었다. 가자미는 프랑스에서 아이가 아플 때 먹이는 생선이라고. 그렇담 최고 아닌가? 우리는 누군가 아플 때, 잣죽, 전복죽 등을 정성껏 끓인다. 생각해 보니 잔가시가 없는 것도 장점이 될 만하다. 꼭 가자미가 아니어도 비슷한 종류의 납작한 흰살생선이면 다 솔 뫼니에르의 재료가 된다. 넙치, 광어, 서대 등등.

뫼니에르는 '제분업자의' 정도의 의미인데 생선을 구울 때 밀가루를 입혀 버터에 굽는 데서 요리명이 유래했다고 한다. 밀가루는 생선 살의 모양을 유지하고, 기름과 어우러져 바삭한 식감을 주며, 생선에서 물이 나와 기름이 튀는 일을 방지할 수 있다. 솔 뫼니에르 탄생지로 알려진 프랑스 서북쪽 해안 노르망디 지역은 낙농업이 발달해 버터를 포함한 유제품으로 유명하다. 기본 중의 기본인지 솔 뫼니에르는 국내 양식조리사 시험에도 '피쉬 뮈니엘'이라는 이름으로 출제된다고 한다. 요리법을 찾아보면 가자미 한 마리를 손질, 포를 떠서 소금간을 하고 버터에 지진 후, 남은 기름에 레몬즙을 섞은 소스를 끼얹고 파슬리와 함께 낸다고 되어 있다. 뼈를 발라내고 포를 4조각이나 떠야 하지만, 이 기회에 익혀 두면 방대한 양식조리사 시험 문제 중 하나는 걱정 없겠다.

마트에서 자주 마주치는 생물 가자미들이 너무 작다고 아쉬워 말자. 포를 뜨기에 적합하지 않아 통째로 구워야 하니 오히려 다행이다. 아차차, 미리 소금을 뿌려 두지 않았다고? 소금간을 너무 오래 하면 수분이 빠진다고 한다. 우린 알아서 잘한 것이다. 정석대로 팬에 버터를 녹여 정성껏 타지 않게 굽거나, 스프레이 오일을 살짝 뿌린 후 에어프라이어에 넣어 놓고 빈둥거릴 수도 있다. 생선을 굽고 남은 버터를 레몬즙과 함께 졸여 갈색 소스를 만들지, 따로 녹인 버터에 레몬즙을 섞어 가벼운 소스를 만들지는 굽는 방식에 따라 결정하면 된다. 양식조리사의 꿈을 과감히 내려놓은 나는 후자의 길을 선택했다.

냉동된 필레 형태의 흰살생선으로도 충분히 맛있는 솔 뮈니에르를 만들 수 있다. 파리의 부자 동네에서는 냉동식품들이 아주 잘 팔린다고 한다. 오래전 잠시 잠깐 파리 체류 시절, 요리는 무조건, 시종일관, 내 손을 거쳐야 하는 줄 알았던 촌스러움이 한스러울 뿐이다. 생선은 좋아하지만 생선 눈 마주치

la cuisine de
Julli
2023

는 것은 무서운 이들에게, 냉동된 필레나 완제품은 너무도 고마운 방식이 될 것이다.

오랜만에 솔 뫼니에르를 만들며 새삼 느낀 것은 레몬 버터 소스의 진가이다. 고소한 버터와 상큼한 레몬은 맛으로 보나 영양으로 보나 천상의 조합이다. 담백한 흰살생선에 기름기와 깊은 맛을 더해 주는 버터, 혹시 모를 비린 맛을 잡으며 감칠맛도 내주는 레몬은 세상 기특한 식재료들이다.

생각해 보면 생선 한 마리를 제대로 굽는 것도 쉬운 일이 아니다. 생선구이 맛집이 괜히 있는 것도 아닐 테고. 간단해 보이는 일, 기본처럼 느껴지는 일들을 잘 해내야 다음 과정으로 발전할 수 있다. 우리를 낯선 서양식 생선요리의 세계로 초대하는 솔 뫼니에르, 일단 시작은 만만해(?) 보이니 슬슬 더 나아가 보자.

마요네즈, 그릭 요거
트, 잘게 썬 채소들을
섞은 후, 보라 콜리플
라워를 올려 오일, 화
이트 발사믹을 빙 둘
러 준다.

아보카도, 그릭 요거
트를 갈아 아이스크림
모양을 만든 후 건포
도, 건체리 얹고 발사
믹 글레이즈로 마무리
한다.

2

레벨업

1

살찌게 해서 미안해, 오리 콩피

Sorry for Making You Fat, Duck Confit

오리 콩피는 달팽이 요리, 푸아그라만큼은 아니어도 널리 알려진 프랑스 진미 중 하나다. 천상계의 맛이라 극찬하는 동영상을 우연히 보고 자극받아 처음으로 도전해 보았다.

아주 뒤늦은 복습을 하는 기분이다, 오리 콩피에 대해. 알려진 프랑스 요리라니까, 코스에 끼어 있어서, why not? 등등의 이유로 몇 번 먹어 보긴 했다. 아직도 친해지는 중인 가금류 오리는 건강에 좋다는 믿음이, 호감의 주된 요인이다. 형용사도 명사도 되는 confit의 연관 단어는 동사 confire, '보존하다'의 뜻을 가진다. 아하, 그래서 불어로 잼이 confiture인 거구나! 이 단어들의 연관관계를 이제야 깨닫다니, 이래서 복습이 중요하다.

알고 보니 콩피는 어마어마한 슬로푸드다. 기름의 힘에 의지하는 특별한 보존법의 결과물이다. 옛사람들은 겨울을 나기 위해 제 몸에 지방을 잔뜩 비축한 오리나 거위 같은 물새들의 빼어난 맛을 알아 버렸다고 한다. 강제로 사료를 먹이기까지 하여 통통히 살찌운 후(가바주 방식), 제 기름 속에 풍덩 빠트려 저온으로 오랫동안 익힌다. 식힌 후에는 다시 기름에 가두어 몇 달이고 보관, 최장 6개월까지도 버틴다. 기름이 미생물의 활동을 막아 겨울에도 단백질을 섭취할수록 도와주는 것. 신기하게도 시간이 지날수록 맛도 좋아진다고 한다. 채소를 먹기 위해 김치를 담근 우리 조상들의 지혜가 떠오르기도 한다. 언젠가 유럽 고성의 부엌을 구경하다가 과거에는 겨울철 채소 공급이 어려워서 괴혈병 등이 횡행했다는 설명을 본 적이 있다. 어쩌면 단백질 공급은 콩피가 도맡고 있었을지도 모르겠다.

이집트에서 시작된 가바주는 그리스, 로마 제국으로 퍼졌다가 후에는 프랑스 남서부에 정착한 유대인들에 의해 이어져 12세기경 콩피로 발전했다. 이 지역 출신인 앙리 4세가 그 맛을 잊지 못해 콩피를 파리 궁정으로 불러들였다니 그는 진정 미식 인플루언서다. 냉장고가 없던 시절의 지혜로운 식량 보존 방식을 넘어서서 풍미를 살려 주는 효과 때문에 지금은 육, 해, 공을 아우르는 뛰어난 요리법으로 인정받고 있다. 감바스 요리를 할 때 올리브유에 저온으로 익히는 것도 일종의 콩피 방식에 기인하는 것 같다.

그저 건성으로 먹은, 맛의 기억도 가물가물한 오리 콩피의 유

구한 역사를 알고 보니 더욱 이끌린다. 하지만 집에서 만들기 위해서는 시간과 지갑의 힘이 필요하다. 정통 오리 콩피에는 꽤나 많은 양의 오리 기름이 필요하다. 수입에 의지해야 해서 가격 부담이 크다. 나는 다음 기회를 기약하며 올리브오일을 사용했다. 생오리 다리 구하기도 쉽지 않아 인터넷 주문을 해야 한다. 소금, 후추, 셀러리, 샬롯이나 양파, 올리브잎, 각종 향신료 등을 넣어 하루 정도 재운 다음 잘 씻어 내고 끓기 직전의 저온의 기름에 푹 담가 서서히 익힌다. 수비드 기계를 이용하면 편하다지만 그건 패스! 잘 식힌 후, 며칠 기름에 담가 두었다가 꺼내어 오븐이나 팬에 굽는 것이 정석. 껍질은 바삭하고 속살은 더없이 부드러워야 한다. 내 것은 간은 잘 되어 만족스러웠지만 '겉바속촉'의 완성도가 기대에는 못 미친다. 괜한 두려움으로 기름을 충분히 사용하지 않았고 인내심 부족으로 기름에 오래 재워 두는 것도 맘대로 생략한 탓이다. 핑곗김에 올리브오일은 2병이나 구입했으면서도 말이다. 성공적 다이어트를 위해 노랑 비트(단무지 아님 주의!)를 이용했으나 보통은 렌틸콩과 함께 오리 기름에 익힌 바삭한 감자나 양배추 등을 함께 낸다고 한다.

가능하면 검증된 프렌치 식당에서 제대로 된 오리 콩피를 먼저 맛보기를 권해드린다. 하지만 이색적인 손님 초대 요리로 도전해도 좋을 메뉴이다. 제발 기름 아끼지 말고 팍팍 사용하시기를. 손님들은 살찌셔도 된다.

겹겹의 버터헤드, 라디치오에 삶은 달걀 슬라이스를 끼워 넣고 드레싱을
뿌려 준다.

육수나 채수에 완두콩을 푹
삶아 우유, 생크림 등과 함께
갈아 낸다.

로시니식 안심 스테이크

주변에 한국살이를 너무 잘하고 있는 프랑스 신사분이 계시다. 가끔 자신이 발견한 맛집을 역으로 알려 주곤 한다. 그런 그가 고민에 빠져 있다. 한국 지인이 프랑스식 스테이크집에 데려다 달라고 했다는 것이다. 프랑스식 스테이크? 다 비슷한 거 아닌가, 스테이크는?

프랑스에서 급식을 먹고 무럭무럭 자란 남편에게 물은 적이 있다. "소개해 주고 싶은 프랑스 요리는 뭐가 있어?" 예상대로 고기 요리들을 줄줄 읊는 중에 투르느도 로시니tournedos Rossini라는 생소한 이름이 있었다. "그게 뭔데?" "푸아그라 얹은 스테이크." "아, 그거!" 어느 해, 미식의 고장이라는 도르도뉴Dordogne에 갔다가 매 끼니 푸아그라가 나와 무척이나 느끼했던 기억이 나는 듯도 했다. 집에서도 가끔 통조림 푸아그라를 뜯어 고기 위에 얹어 먹기도 했었고.

로시니는 오페라 〈세비야의 이발사〉로 유명한 그 이탈리아 작곡가 로시니다. 발표한 작품들의 대성공으로 일찍이 부와 명예를 거머쥔 그는 돌연 은퇴, 파리로 건너가 당대의 명사들과 교류하며 미식가로서도 널리 영향을 미쳤다고 한다. '맛잘알' 로시니가 고안한 기발한 먹는 방식은 요리사들에게 영감을 주었고 식당의 메뉴로도 자리 잡기에 이르렀다. 프랑스에는 로시니란 이름이 붙은 요리들이 꽤 있다고 한다.

드디어 찾았다, 남다른 프랑스식 스테이크!

투르느도는 무려 6가지로까지 분류한다는 안심의 일종이다. 그 위에 눅진한 푸아그라, 진미의 상징 트러플(송로버섯)까지 얹는 '비싼 애 위에 비싼 애' 스타일의 럭셔리 스테이크가 바로 투르느도 로시니다. 달콤한 품종의 포도주로 진한 소스를 만들어 끼얹기도 한다고. 당장 먹고 싶다가도 배가 묵직해지는 예감에 몸서리가 쳐지기도 한다. 버터에 흥건히 젖은 빵을 바닥에 깔고 극강의 부드러움, 피맛, 눅진함, 고소함 등의 풍미를 차곡차곡 쌓아 올리면 그야말로 맛의 '금자탑', 혹은 아찔한 미각의 바벨탑일 수도 있을 것이다.

아끼다 유통기한이 가까워진 푸아그라 통조림이 있어서 과감히 '프랑스식' 스테이크에 도전해 보기로 했다. 가니쉬는 다양성이 허용된다고 하여 당근과 브로콜리니를 이용했다. 빵 대신 적양파를 구워 스테이크 밑에 깔고, 양파를 달달 볶

tournedos
Rossini
Mangiare e amare, cantare e digerire :
먹고, 사랑하고, 노래하고,
소화시키는 것이 인생의
진정한 4막의 즐거운
오페라이고
그것을 즐기지 못하는
사람들은 바보이다
questi sono in verità i quattro atti di questa opera buffa che si chiama vita e che svanisce come la schiuma d'una bottiglia di champagne

아 육수와 포도주로 만든 소스를 끼얹어 주었다. 트러플까지는 없어서 대신 트러플 제스트를 팍팍 뿌려 주었다. 그래서 맛은 어땠냐고? Bravo 로시니, 로시니를 찬양하라!

고민에 빠진 프랑스인 올리비에에게 살짝 귀띔해 주어야겠다. 매우 '프랑스적'인 스테이크, 투르느도 로시니를 대접하면 어떻겠냐고. 원망을 들을지도 모르겠다, 왜 하필이면 그렇게 비싼 요리를 생각해 냈느냐고.

어지간히 어설프게 따라 해도 맛이 없을 수 없는 스테이크 투르느도 로시니. 본토 프랑스의 어떤 지역에서는 흔한 요리일 수도 있으니 잘 기억해 두었다가 '세상에 이런 맛이!'를 경험해 보는 것도 좋을 것 같다.

얇게 저민 오이를 겹
쳐 놓고 크림치즈, 연
어를 올려 둥글게 말
아 먹기 좋게 썬다.

레이디핑거 위에 얇게
저민 딸기를 겹쳐 올
리고 소스를 뿌려 차
와 함께 낸다.

아쉬 파르망티에

이름은 좀 요상하지만 요리법은 어렵지 않다. 채소, 허브 등과 함께 볶아 낸 다진 고기 위에 매쉬드 포테이토를 얹고 치즈를 뿌려 오븐에 구워 내는 소박한 가정식 요리다. 영국에서는 코티지 파이, 셰퍼드 파이라고 불린다는 탄(수화물), 단(백질)의 아름다운 조합, 아쉬 파르망티에. 아쉬hachis는 다진 것을 의미하고 파르망티에parmentier는 감자 보급에 앞장섰던 학자의 이름에서 따온 것이다.

돗난이 감자의 입지전적 사연은 꽤나 눈물겹다. 기구한 '강제 이주자'의 성공 스토리 같다. '대항해시대'의 정복자들에 의해 안데스산맥 고지대에서 구대륙으로 '강제 진출', 갖은 오해, 배척, 멸시를 받더니 끝내는 세계 4대 작물의 하나로 우뚝 서, 든든한 구황작물 그 이상이 되었다.

수상한 낯선 작물에 대한 의심과 경계는 꽤 끈질겼다. 개량을 통해 매끈하고 예뻐진 지금과는 달랐던 울퉁불퉁, 우중충한 생김 때문에 나병을 일으킨다고 오해받거나, 어이없게도 최음의 효과가 있는 요망한 식물로 지탄받기도 했다. 그저 배고픔이 해결되어 인구가 폭발적으로 늘어난 것뿐인데 말이다. 씨를 뿌려 재배하는 일반적인 작물과 달리 조각조각 잘라 심는 방식도 거부감을 주기에 충분했다고 한다.

가뜩이나 척박한 환경에 웬만한 농산물은 죄다 영국에 수탈당하던 아일랜드에서 감자는 농민들의 살 방도였고, 독일에서는 프리드리히 2세의 전폭적인 지지로 재배가 장려되었다. 수많은 치적이 있음에도 그는 백성들 사이에서 '감자 대왕'으로 더욱 칭송받았다고 한다. 18세기경 독일에서 전쟁포로가 되어 감자로 연명하며 그 장점을 제대로 경험한 프랑스 지식인 파르망티에는 조국에 감자를 보급시키기 위해 갖은 노력을 다한다. 마리 앙투아네트의 모자에 감자꽃을 달게 해서 상류사회에 호감과 유행을 만들고, 사교계 인사들을 자주 초대하여 특별히 개발한 감자요리를 대접한다. 이들 중 한 명이 외교관으로 와있던 벤자민 프랭클린이었고 그의 후임 토마스 제퍼슨은 미국의 대통령이 된 후 프랑스식 감자요리, 프렌치프라이를 백악관에 입성시켰다고 한다. 파르망티에는 왕에게 하사받은 감자밭에 감시병을 붙여 사람들의 흥미와 관심을 유발한 후, 일부러 감자의 도난을 유도, 널리 널리 퍼지도록 기지를 발휘하기도 했다. 실천하는 '계몽주의자' 파르망티에의 분투는 정말 눈물겨웠다.

많은 공을 들이지 않아도 땅속에서 우직하게 자라 별도의 가공 없이 바로 섭취가 가능, 보관까지 용이한 장점 때문에 인류를 기아에서 구해 낸 천덕꾸러기 영웅 감자. 겨울철에는 먹이가 부족해 대부분 도살되곤 했던 돼지들의 사료가 되어 준 덕에 단백질 섭취도 더 용이해졌다고 한다. 살찐다고 감자를 멀리했던 과거를 반성함과 동시에 인류의 생존 도우미에게 큰절이라도 해야 할 것 같다.

먹고 남은 자투리 고기와 채소를 처분하기에도 좋았던 아쉬 파르망티에는 감자 활용 레시피의 좋은 예다. 식당에서는 먹은 기억이 없는 걸 보면 정말 가정식 요리가 맞나 보다. 쌀밥 대신 물리게 먹어 "나는 감자가 싫어요!"를 외치는 강원도 출신 지인분께 한 말씀 올리고 싶어진다. "제발 마음 좀 푸셔요. 감자가 이렇게나 기특하답니다!"

맛간장 양념한 생연어, 달걀, 아보카도, 대저 토마토를 한 접시에 담고 식용 꽃을 얹어 준다.

씨를 제거한 대추야자 속에 크림치즈, 견과류 등을 채우고 동결건조 딸기를 뿌려 준다.

슈크루트 가르니

얇게 채 썰어 소금에 절여 발효시킨 양배추, 소시지, 통 베이컨, 염장 또는 훈제한 돼지고기, 감자 등을 함께 푹 끓여 먹는 알자스 지방의 향토 요리다. 그냥 슈크루트라고 하면 발효된 양배추, 이것저것 넣어 요리로 만든 것을 통칭한다. 익힐 때 스톡과 그 지역의 백포도주를 넣는데, 루아얄royale이라는 수식어가 붙으면 양도 엄청나거니와 샴페인을 넣어 끓인다고 하니 절로 침이 꿀떡 삼켜진다. 김치와 먼 친척뻘인 시큼한 양배추 덕에 먼 나라 향토 음식에서 친숙한 맛을 발견하는 뜻밖의 묘미가 있다.

우리 집에서 떨어지지 않는 유일한 프랑스 음식(?)이 있다면 그건 바로 통조림 슈크루트다. 순전히 남편의 취향 덕이지만 고춧가루 없는 부대찌개 같은 맛에 가끔 먹는 별미가 되었다. 오랫동안 통후추로 오해하고 있었던, 슈크루트에 보통 들어간다는 향신료 주니퍼 베리의 알싸한 맛, 특유의 풍미와 짠맛 덕분에 절대 순둥순둥한 맛은 아니다.

전 세계 푸드 딜리버리계(?)의 큰 별, 몽골은 역시나 기대를 저버리지 않고 13세기경 중국의 채소 절임을 동유럽에 전해주어 독일을 거쳐 한때 한 몸이었던 프랑스 알자스 지방에 슈크루트를 탄생시켰다고 한다. 사실 독일에 가본 분이라면 감자, 고기, 소시지와 함께 매끼 빠지지 않고 나오는 사우어크라우트sauerkraut를 먼저 맛보았을 확률이 높다. 시큼한sauer 양배추kraut 라는 뜻의 사우어크라우트가 알자스어로는 sürkrüt였으니 그 변천이 납득된다.

슈크루트는 부담 없는 가격, 먹어도 먹어도 줄지 않는 풍성한 양 때문에 외식용으로도 좋고 통조림 양배추에 취향껏 샤퀴테리만 골라 자기만의 레시피를 완성할 수 있다. 마침 집에 양배추가 많아 홈 메이드 슈크루트에 도전해 보기로 했다. 전통 방식은 몇 달에 걸쳐 정성껏 완성하는 것이라 '유산균 폭탄 양배추절임'으로 널리 알려진 속성 방식을 택했다. 채 썬 양배추에 소금(양배추 무게의 2%)을 넣고 바락바락 주무르다가 수분이 부족하면 소금물을 추가하여 푹 잠기게 한 후, 며칠 상온에 두어 발효시키면 된다. 그다음은 솔직히 일도 아니다. 맘에 든 소시지나 햄을 골라 감자와 함께 푹 끓이면 되는 것이니. 포인트를 주려고 보라 감자, 매운맛 나는 초리조, 프랑스식 순대 부댕도 구해 넣어 보았다. 슈크루트는 보존해야 하는 프랑스 향토 음식으로 지정되어, 샤퀴테리의 종류나

choucroute

백포도주의 생산지에도 엄격한 제한을 두고 있다지만 타국에서는 힘든 일이니 재량을 발휘해도 괜찮지 않을까.

좋은 음악이나 예술작품과 마찬가지로 요리에는 '위로, 위안'의 힘이 있는 것 같다. 슈크루트가 그걸 잘한다. 오래전 프랑스의 한국인들에게 김치 대용이었던 슈크루트. 고춧가루나 고추장을 풀면 김치찌개가 된다는 꿀팁은 소중한 비밀이라도 되는 듯 소곤소곤 전해졌다. 프랑스로 시집간 나를 발효음식의 굴레에 다시 빠져들게 했던 슈크루트. 풋고추를 쌈장에 찍어 먹듯, 급식으로 순무를 소금에 찍어 먹던(지금은 역이민자가 된) 남편에게 향수를 달래 주는 '소울푸드'. 참 consolation에 특화된 음식인 것 같다, 슈크루트는.

이런저런 짠한 사연들 제쳐 두더라도 감칠맛으로 무장한 절인 양배추와 저항을 불허하는 소시지, 염장 고기의 조합이니 어쩔….

초록 잎채소를 깔고
래디시, 슈레드 치즈,
건과일, 견과류, 드레
싱 등을 골고루 뿌려
준다.

잡곡 크래커 위에 마,
치즈, 오이, 무화과, 사
과 등을 올려 주고 허
브로 장식한다.

홈 메이드 샤퀴테리

Mix & Match Homemade Charcuterie Boards

프랑스 식당에서 웬만하면 실패하지 않을 전채요리가 있다면 그건 바로 '쁠라또 샤퀴트리plateau charcuterie'다. 보통은 나무 트레이 위에 각종 햄, 소시지, 기타 알 수 없는 것들이 약간의 채소나 코르니숑cornichon이라 불리는 작은 오이 피클 등과 함께 나온다. 육가공품을 일컫는 샤퀴테리는 이름은 아직 낯설지 몰라도 급진적으로 우리 입맛을 사로잡는 중이다. 가끔 가는 전문점에서는 허겁지겁 쓸어 담는 어떤 중년부인과 달리, 딱 취향껏 원하는 것만 사 가는 멋쟁이 손님들을 많이 만날 수 있다.

샤퀴테리의 세계는 너무도 다양하고 깊다. 소시지만 보아도 익혀 먹는 종류, 그대로 잘라만 먹는 종류, 명확히 구분이 어려운 파테와 테린, 발라 먹는 리예트 등등. 국적과 이름만 다를 뿐 근본은 거의 비슷한 하몽, 프로슈토, 장봉 크뤼가 그나마 쉬운 편이랄까.

분홍 소시지, 깡통 햄과는 다른 본격 샤퀴테리는 국내에서도 만들어 내는 솜씨와 받아들이는 속도가 폭발적인 발전을 이루고 있다. 값나가는 수제 소시지가 낯설지 않고 장봉 드 파리jambon de Paris라는 넓적한 햄을 버터와 함께 바게트에 풍성히 끼워 넣은 장봉 뵈르jambon beurre가 요란한 신고식을 치르며 우리의 입맛을 사로잡기도 했다.

심사숙고한 결과, 그나마 도전해 볼 만한 부분은 테린terrine이라고 판단하고 무딘 손끝에 기를 모아 봤다. 테린은 보통 직사각형인 뚜껑 달린 도기에 재료들을 단단히 채워 넣고 굳혀 모양을 잡은 후 먹기 좋게 썰어 먹는다. 요즘은 재료를 육류에 한정하지 않고 생선살이나 채소 등을 메인으로 넣기도 하고 디저트의 한 종류로 통용되기도 한다. 나는 제일 만만한 닭고기를 이용하여 테린을 만들어 보았다. 간만에 찾아온 예술혼이 사라지기 전에 번개처럼 편의점으로 달려가 닭가슴살 2팩을 구입했다. 적당히 조미가 되어 있어 간을 따로 할 필요가 없어 좋았다. 데친 양배추의 겉잎을 길쭉한 모양의 파운드케이크 틀에 채워 밖으로 늘어지도록 걸쳐 놓고 크림치즈와 함께 갈아 되직하게 만든 닭가슴살을 밑 부분에 꾹꾹 채워 넣는다. 중간에는 익힌 당근, 브로콜리니, 황치즈, 피스타치오, 허브 딜을 꾹꾹 눌러 넣는다. 킥 중의 킥, 푸아그라도 채워 넣는다. 크러쉬드 페퍼도 팍팍 뿌린 후, 틀 밖으로 늘어져 있던 양배추잎을 그러모아 잘 덮고 랩으로 단단히 감싸 냉장고에 넣어 준다. 시간이 지난 후 꺼내 적당한 두께로 잘라 보면

생각보다 멋진 결과물에 가슴이 흐뭇해진다. 첫 번째 시도에 이만한 성공이라니 꽤 가성비 좋은 도전이었다!

반칙이긴 하지만 푸아그라 투입은 소량만으로도 풍미를 올려 주는 효과가 대단해 추천하고 싶다. 자기만의 킥이 될 만한 재료를 물색해 실험해 보아도 좋겠다. 모둠 샤퀴테리에 이렇게 한가지쯤은 손수 만든 것을 곁들이면 좋겠지만 보통은 기성품을 잘 배치만 해도 충분하다. 약간의 채소, 과일, 견과류 등과 함께 모양 좋게 플레이팅하면 금상첨화.

'살'이라는 뜻의 chair와 '익힌'의 뜻을 가진 cuit에서 유래했다는 charcuterie. 당연히 시작은 육류의 보관을 위한 것이었겠지만 '남의 살'을 탐하는 우리의 입맛에 딱 맞게 발전을 거듭해 왔을 것이다. 선연한 핏빛으로 우리의 동물적 먹성을 도발하는, 낯선 듯 낯설지 않은 샤퀴테리 한 접시는 큰 호응과 함께 식탁을 빛내 줄 '요물'임을 확신한다.

딜, 풋귤 즙에 재운 새
우를 양파, 배와 함께
내고 풋귤 슬라이스로
장식한다.

스펀지케이크 위에 건
과일 섞은 딸기 요거
트를 듬뿍 바른 후 레
드 키위 슬라이스를
얹어 준다.

쿠스쿠스

Couscous: Small Grain, Big Flavor

재밌는 이름의 이 요리는 원래 북아프리카에서 광범위하게 먹는 요리라고 한다. 지난했던 식민지 과거사를 떠올리면 쿠스쿠스의 프랑스 입성 과정을 어느 정도는 짐작할 수 있을 것이다. 프렌치 요리로 소개하는 게 맞나 싶지만 어느덧 깊숙이 스며든 이 요리를 외면하기는 어렵다. 일종의 번외편이랄까? 시어머니께서 가끔 별식으로 만들어 주셨고 여러 번 요리법도 알려 주신 터라 더더욱 빼먹을 순 없다.

유학생 기숙사에서 사실 때 튀니지 친구에게 전수받은 이 요리는 덩치 큰 전용 그릇이 필요하다. 알루미늄으로 된 항아리 모양의 2단 찜기 같은 것인데 시댁 창고에 그대로 있다. 아직은 새 주인을 찾지 못했다.

쿠스쿠스로 검색해 보니 요리보다는 스물semoule이라고 부르는 노란 알갱이, 혹은 그것을 이용한 샐러드 등이 더 많이 소개된다. 우리 곡식 '조'를 닮았으나 실은 밀가루로 된 알갱이다. 가장 작은 파스타라고 할까? 형태의 특성상 다른 식재료와 잘 섞이는 장점이 있고 소스를 흡수하기에도 좋다. 우리에게는 밥과 같은 느낌이라 더욱 친밀하게 느껴진다.

육수에 큼지막하게 채소를 썰어 넣고 양고기 등의 육류, 초리조 같은 소시지, 가금류 등을 넣어 아(하)리사harissa라는 매운 양념을 넣어 익히면 소스는 완성이다. 2단 찜기 사용 시, 아래쪽에 소스를 뭉근히 끓이면서 거기서 생기는 수증기로 윗단의 스물을 익히는 시스템이다. 어머니가 여러 번 설명해 주셨음에도 먹는 데 전념하느라 세세한 레시피를 적어 두지 않은 것이 아쉽다. 아리사를 동네 마트에서 구하기는 어렵다. 검색해 보니 주로 해외 직구로 뜬다. 전문점에서는 구할 수 있는 초리조에서 이국적 맛이 우러나므로 고춧가루를 이용해 매운맛만 추가해도 될 것 같다.

어머니는 소고기를 푹 고아 기본 국물을 내셨지만 지혜로운 나는 냉동 사골국물을 이용했다. 양파, 감자, 파프리카, 애호박, 대파, 닭 다리, 매운 국물과 독특한 향을 담당해 줄 초리조 소시지를 넉넉히 넣었다. 채소와 닭 다리는 각각 구워 넣는 나름의 정성을 쏟았다. 이국적 맛을 강화하려고 아껴 둔 사프란과 큐민을 듬뿍 투하하니 어쩐지 북아프리카에 한결 가까워진 느낌이다. 얼마 전 파리 쿠스쿠스 맛집에 다녀온 우리 집 통신원의 말로는 집에서 먹던 맛과 별반 다르지 않다고 하

SEMOULE
COUSCOUS

니 일단 안심이다.

우기의 끝 무렵인 싱가포르에 며칠 다녀왔다. 첫 방문도 아니면서 대중적 음식인 '락사'를 이제서야 맛보았다. 중국의 국수와 말레이시아, 태국 요리의 영향까지도 더해져 만들어졌다는 락사, 느끼하면서도 신맛이 날 것 같아 도통 끌리지 않았었다. 더운데 굳이 뜨거운 국물 요리를 먹고 싶지 않은 이유도 있었다. 이번에는 큰맘 먹고 한 숟갈 떴다가 고소한 풍미에 숟가락질을 멈추지 못했다. 그동안 꺼려 왔던 것이 후회스러웠다.

이국적인 것은 매혹적이면서 동시에 두렵다. 보통의 프랑스 요리의 맛과는 결이 다른 쿠스쿠스는 우리의 입맛에는 오히려 조금 가까울 수도 있다. 낯선 향을 겁내지 않는다면 누구도 힘들게 하지 않고 비난받을 일도 없는 우리의 '맛 영토 확장'은 거침없어질 것이다.

피클 물에 재운 문어 다리를 초록 잎채소, 파프리카, 풋고추 등과 함께 낸다.
흑마늘 가루를 뿌려 준다.

길쭉한 파프리카와 피망을 반 갈
라 고기, 채소, 치즈 등으로 속을
채운 후 오븐에 굽는다.

라클레트

어멋, 이것도 프랑스 요리 아니란다. 시계도 아닌 것이 '스위스제'란다. 내심 당황스럽다. 즐겨 먹으면 다 내 나라 요리 아닌가요?

서로 한 몸처럼 붙어 있는 유럽이니 '신토불이'의 스펙트럼은 매우 넓을 듯싶다. 비공식 포함, 4개의 언어나 사용하는 스위스에서 라클레트가 탄생한 쥐라Jura 지역은 산맥으로 연결된 프랑스와 언어, 음식까지도 공유하는가 보다. '음식 등을 긁어내다'의 의미인 라클레racler에서 라클레트raclette란 요리명이 생겼다고 한다. 크고 묵직한 원형의 반경성 치즈를 반을 갈라 불에 녹인 후, 말랑해진 부분을 긁어 내서 먹었던 것이 이 요리의 시작이다. 전용 조리 도구가 생기면서 더욱 널리 퍼져 대중적인 요리가 되었다. 치즈도 덩어리째가 아닌 조각으로 판매하여 편리해졌다. 가족이나 친지, 친구들이 모여 떠들썩하게 축제 분위기로 즐길 때가 많다고 한다. 나 역시 프랑스에서 살던 시절, 친구 초대로 처음 경험해 보았다.

조각 치즈를 삽 모양의 용기에 넣고 내장된 열원에 녹이면 먹기 좋게 녹는다. 그것을 삶은 감자나 햄 등에 주르륵 부어 먹는 것이다. 요즘은 한 판을 위에 얹어 각종 채소나 고기, 해산물 등을 함께 구워 다채롭게 먹는다. 재료만 넉넉히 준비해 두면 각자 알아서 취향껏 제조해 먹는 DIY 방식이다. 일종의 유럽판 월남쌈인 걸까?

처음 이 요리를 접했을 때 포슬포슬하게 한 솥 쪄낸 감자에 더 눈길이 가기도 했다. 치즈를 녹여 먹는다는 점에서 쌀쌀한 계절도 좋겠지만 각종 감자가 풍성한 여름도 적기일 것 같다, 라클레트를 온전히 즐기기에는. 전용 라클레트 그릴의 갖춤 여부가 진입장벽일 순 있다. 팬 등에 치즈를 녹여 먹는 다소 귀찮은 방식도 가능은 하겠지만 전용 그릴을 사용하는 재미가 워낙 쏠쏠해서 말이다. 녹인 치즈는 금방 굳어 버려 최적의 상태에서 그 맛을 즐기는 것이 관건이기도 하고. 나는 현지에서 부담스럽지 않은 가격에 데려왔지만 여기서도 그릴의 구입은 어렵지 않다. 우리 집 것은 온도 조절은커녕 온오프 스위치조차 없어서 플러그를 꽂는 순간 No빠꾸! 치즈가 바닥날 때까지 정주행! 무조건 달려야 한다. 라클레트를 먹을 때 보통은 삽이 비지 않도록 하는 것이 관례라니 부지런히 먹거나 둘러앉은 이들이 많아야 한다. 신문물을 자랑할 겸 친구들을 많이 초대해서 자립하는 요리자가 되는 기쁨을 선사해

Raclette

보자. 치즈와 햄, 감자가 기본이지만 여러 식재료를 이용하여 자기만의 방식으로 제조해 먹을 수 있다.

불판을 놓고 상 위에서 즉석으로 하는 요리 방식이 우리에게는 익숙하지만 그렇지 않은 프랑스 등에서 라클레트는 특별한 먹는 방식이 아닐까 싶다. 그래서 집마다 하나씩은 보물처럼 구비해 놓고 있는 모양이다.

포도주, 혹은 차와 수다를 곁들여 먹는 라클레트는 생각보다 많은 양을 먹게 되어 재료는 대량으로 준비해 놓는 것이 좋다. 말랑하게 녹은 치즈가 얼마나 천하무적, 오만방자인지 알 만한 사람은 다 알 것이고. 애석하게도 라클레트 전용 치즈를 확보하기가 쉽지 않고 비용도 만만치 않다. 나는 슬라이스된 생소한 이름의 치즈를 대신 구매했다. 맛이 약간은 아쉽지만 본토가 아닌 곳의 불리한 점을 어쩔 수는 없다. 다만 신기해하며 기꺼이 함께 달려가 주는 친구들이 있어서 없던 맛도 보태지는 느낌이다. 라클레트는 경쟁하며 먹는 '사랑의 요리'다.

115

카라멜 소스 돼지 등갈비구이

한 미국 출신 프렌치 요리사가 쓴 책에서 이 요리를 발견했을 때 나는 무척이나 기뻤다. 파리 곳곳, 정해진 요일마다 서는 장에서 싱싱한 등갈비 짝을 볼 때마다, 프랑스 사람들은 이걸 어떻게 요리해 먹을까? 내심 궁금했기 때문이다. 그 미국인 요리사에 의하면 프랑스 사람들도 텍사스인들만큼이나 갈비에 진심이고 식당 메뉴로도 흔하게 볼 수 있다는데 운이 없었는지 나는 먹어 보지 못했다.

불어로 된 다양한 요리 동영상이 존재하는 걸 보면 어느 정도 정착된 요리임은 분명하다. 케첩은 물론이요 콜라까지 등장하는 파격적 레시피도 있는 데다 간장은 꼭 들어가는 것으로 보아 확실히 동양, 어쩌면 미국의 B.B.Q.에서도 영향을 받은 비교적 최근에 유입된 요리가 아닌가 싶다.

추리를 이어 보니 카라멜 소스 등갈비를 먹어 본 기억이 없다는 내 아쉬움은 잘못되었다. 식당이 아닌 가정 요리로 여러 번 맛보았기 때문이다. 남편이 어머니의 최고 요리로 꼽는, 간장, 설탕, 고추장과 케첩이 적절히 조합되어 반질반질 윤기 나게 오븐에 구워져 나오던 등갈비를 나는 당연히 한국요리라고 생각해 왔다. 근본도 없이 '야매' 요리를 일삼는 나와는 달리, 어머니는 한동안 정식으로 프렌치 요리를 배운 바 있으시니 한국식으로 살짝 응용하신 것이 아닌가 싶다. 미식의 나라, 일찍이 국제화된 나라인 프랑스에는 당연히 다양한 요리들이 암암리에 서로 영향을 주고받고 있을 것이다.

배움이 부족한 터라 기초적인 수준이지만 당분간 정통 프렌치 요리 연구(?)에 매진하려고 했으나 이제는 좀이 쑤신다. 강렬한 향들이 범퍼카들처럼 박치기를 해대는 싱가포르에 다녀온 이후 더욱 그렇다. 거기서 사 온 진한 간장과 오향 가루 양념을 심하게 들이부은 탓인지, 소심하게 넣은 스테비아 탓인지 윤기가 실종, 의심쩍은 비주얼로 마무리된 나만의 등갈비를 소개해 본다. 생채소를 듬뿍 바닥에 깐, 건강을 고려한 탈국적 등갈비는 다행히 충분히 달콤하고 고소하다. 기름을 빼려고 에어프라이어에 굽다가 마지막에는 냄비에 넣고 뒤적뒤적 볶아 마무리했다.

이게 어디가 프렌치 요리냐고? 점잖은 프렌치 요리에서 탈주하고 싶은 요즘, 진심을 바탕으로 정밀한 노력을 기울이고 체계화된 레시피 위에 창의적인 시도를 덧입힌다면 크게 반역

된 태도는 아니지 않을까, 생각해 본다. 대표적 프랑스 요리 학교에서의 경험담을 들어 보면 경력자들도 나자빠지는, 무시무시한 시간들이었다고 한다. 그런 차원에서는 나태한 방구석 요리사의 요설일 뿐인지도 모르겠다.

"귀찮아서 좋은 건 다 한 냄비에 때려 넣어요." 한 프랑스 부인의 인간미 넘치는 고백이 떠오른다. 그곳이라고 해서 매끼 단정한 풀코스 정찬이 차려지는 건 아닐 거다. 3월 중순 아침의 난데없는 눈처럼, 살짝 어긋남이 있는 식탁도 좋을 것 같다. 그런 매력적인 일탈을 담당하기엔 이런 이국적인 요리만 한 게 없다. 진득한 단내가 풀풀 풍기는, 프랑스 찍고! 돌아온 낯선 듯 낯설지 않은 등갈비 요리, 어떠신가요?

삶은 달걀을 굵게 다져 비트 잎과 함께 쌓고 노른자 가루로 장식한다. 올리브오일, 화이트 발사믹을 섞은 드레싱을 중간중간 뿌려 준다.

크래커 위에 참치, 양파, 달걀을 마요네즈, 그릭 요거트 등에 버무려 올려 준다.

뵈프 부르기뇽 수육
(*feat.* 채소 가니쉬)

Bœuf Bourguignon, But Make It Soo Yook
(feat. Veggies)

뵈프 부르기뇽은 미식의 고장으로 유명한 부르고뉴에서 시작된 프랑스 대표 요리다. 넘쳐나는 포도주에 질 좋은 소고기를 풍덩 빠트려 채소와 함께 장시간 끓여 내는 맛 보장 가정식이다. 부드러움이 극대화된 덜 단 갈비찜이라고 해야 할까? 맛도 색도 깊은 포도주 소스에 조린 고기는 입에 넣는 순간 닳아 사라진다.

오늘은 쫄깃한 사태 장조림에 부르고뉴식 포도주 풍미를 덧입혀 보았다. 저렴한 가격으로 대량 구매한 소고기 아롱사태를 세어 보니 무려 6덩이! '내 집에 들어온 고기는 절대 얼리지 않는다'는 육식 애호가 집안의 철칙을 지키기에 조금은 벅찬 양이었다. 일부는 제철 두릅, 팽이버섯, 특제 양념장과 함께 양껏 수육으로 먹었지만 나머지는… 어쩐다? 이럴 때 좋은 아이템은 두고 먹을 수 있는 장조림. 동, 서양 어느 요리로도 변신이 가능하도록 셀러리와 월계수 잎, 양파를 듬뿍 넣어 만든 사태 장조림에 포도주를 콸콸 부어 끓이니 퓨전 뵈프 부르기뇽이 되었다. 원래도 설탕은 최소한으로 넣었는데 포도주가 들어가니 덜 달게 느껴진다.

프랑스 파리에서는 요즘에도 갖가지 퓨전 음식이 성행하고 있나 보다. 어떤 동영상 속 남자는 과테말라 요리와 한식을 결합하는 지경에 이르렀다며 제발 한 가지만 해달라는 성토를 하고 있다. 참다못한 원칙주의자, 혹은 평범한 시민의 과장된 예시겠지만 별별 조합이 다 일어나고 있는 것만은 사실인 듯하다. 장조림과 뵈프 부르기뇽의 만남 정도는 애교 수준일 거라 생각하니 마음이 편해진다.

얼마 전까지 프랑스에 장기 체류하다 귀국한 젊은이에게 그곳 음식에 대한 총평을 물었다. 돌아온 답은 다소 허탈하게도 '밍밍하다'이다. 밍밍? 아무렴 프랑스 음식에 대해 할 말이 그 정도뿐이라고? 프랑스 음식 대변인이라도 된 듯 항변을 하고 싶었지만 곰곰이 생각해 보니 일리 있는 지적이기는 하다. 화끈한 '불닭'의 본산지 출신에게 프랑스 음식이 밍밍하게 느껴지는 것은 당연할지도 모르겠다. 식감도 맛도 부드러운 프랑스 음식을 먹다 보면 위에 탈 날 일은 없겠다 싶으니 말이다.

존재감 확실한 보라색 콜리플라워, 감자, 당근, 사보이 양배추 등을 가니쉬로 중앙에 배치하고 포도주 품은 사태살을 수육 두께로 썰어 빙 둘러 주었다. 고운 색감을 지키기 위해 채

2025
Rubinus
vinum regale
peridot
2025
MARE
solaris
2025

소들을 따로 익혀 담으니 보기에도 좋고 식감도 살아 있는 '상생 플레이팅'이 되었다. 대신 소스를 넉넉히 부어 주어서 채소도 국물에 '찍먹' 할 수 있도록 해주었다.

새로운 생명이 싹트는 봄이기도 하고, 이제껏 볼 수 없던 색이나 모양의 채소들이 계속 등장하고 있다. 요리계의 '얼리어답터'가 되어 볼 좋은 기회다. 크림색만 있는 줄 알았던 콜리플라워만 해도 노랑, 연두, 연보라, 진보라 등 색이 다양해서 놀라울 정도다. 새로운 식재료는 그 자체로, 스러져 있던 요리 욕구를 불끈 샘솟게 하기도 한다. 찰나의 '득템 재미'만 선사할 뿐, 두고두고 냉장고의 천덕꾸러기로 눌러앉는 일도 부지기수긴 하지만.

조금은 '낯선 결합'으로 노곤한 겨울잠에 빠져 있는 '타성'의 식탁에 살랑한 봄바람을 일으켜 보자. 프랑스가 과테말라보다는 조금 더 가까운 것 같다.

표고, 팽이버섯, 두릅을 데쳐 양념장과 함께 낸다. 수육, 겉절이김치도 곁들인다.

2가지 색 콜리플라워를 쌓은
후 달걀, 풋고추 소스를 군데
군데 얹어 준다.

3

마침내 중급 입성

꿩 대신 닭, 상추 장봉!

No Pheasant? No Problem!
Lettuce & Jambon to the Rescue

어려운 프렌치 요리는 아듀! 쉽고 맛있는, 재료가 다하는 기특한 요리가 여기 있다.

이태원의 한 프랑스 식당에서 만난 엔다이브 장봉endives au jambon은 기대치를 넘는 맛으로 충격을 주었다. 흔한 그라탕 같지만 맛은 특별했다. '우주 최강 조합'인 장봉과 치즈, 쌉쌀하고 아삭한 엔다이브가 조화롭게 어울렸다.

벨기에 꽃상추라 불리는 엔다이브는 매끈하고 귀여운 알배추처럼 생겼다. 오래전, 타국 프랑스에서 고향의 맛을 찾은 즐 알았으나 특유의 쌉쌀함으로 일격을 가해 온 요망한 채소다. 깻잎과 닮은 모습, 다른 맛으로 비슷한 실망을 안긴 일본의 '시소'와 '배신감 시리즈'의 쌍벽을 이룬다. 착각의 끝은 질척이는 아쉬움으로 이어졌다. 배추와 조금만 더 비슷하면 얼마나 좋아, 겉절이라도 해 먹을 수 있게! 한 잎 한 잎 떼어 취향껏 재료를 얹으면 훌륭한 핑거푸드가 되는 장점은 잘만 이용했으면서도 말이다.

재료로 승부 보는 요리는 원활한 수급이 핵심이다. 유럽에서 흔한 엔다이브는, 그 외의 지역에선 값이 비싸고 쉽게 구하기도 어렵다고 한다. 엔다이브 장봉을 내 손으로 해보려고 온라인 주문 가격을 확인해 보니 역시나 고가였다. 엔다이브에 대한 뿌리 깊은 원한도 작용한 탓인지 과감히 상추로 갈아타기로 결심했다. 엔다이브보다는 덜하지만 아삭한 식감과 약간의 쌉쌀한 맛을 가지고 있으므로 가능성은 있겠다 싶었다. 며칠째 서슬 퍼렇게 나를 노려보고 있는 냉장고 속 상추를 해치울 좋은 기회이기도 했다.

요리법을 읽어 보니 엔다이브를 쪄서 장봉으로 감싸고 베샤멜소스와 치즈를 듬뿍 뿌려 그라탕처럼 만드는 것이다. 프랑스의 채소들은 아삭한 식감을 살리는 우리와는 달리, 푹 익혀 부드러운 맛을 살리는 경우가 많다. 엔다이브의 경우 얇은 잎들이 단단히 감겨 있어, 찌는 것이 합리적 선택일 것이다. 보통은 생으로 먹는 상추지만 살짝만 익혀 주면 다루기는 더 쉽겠다는 판단이 들었다. 익힌 상추를 손으로 쓱 훑어 물기를 빼주고 길쭉한 장봉으로 감쌌다. 만들어 본 지 너무 오래된 베샤멜소스는 일단 생략하고, 슬라이스된 치즈를 두 겹으로 감싸 오븐에 구웠다. 베샤멜소스는 버터에 밀가루를 볶다가 우유를 부어 뭉근하게 끓이는 프렌치 요리의 '기본 중 기본'

ENDIVES AU JAMBON
Faute de grives, on mange des merles

인 소스인데 다음엔 꼭 제대로 해보리라.

꿩 대신 닭, 상추 장봉 어땠냐고요? 허기에 지쳐 돌아온, 엔다이브 장봉을 나보다 많이 먹어 본 이가 식당에서 팔아도 될 것이라고 칭찬을 해주었다. 알배추, 시금치도 가능할 것 같다. 당근, 대파 등등도.

칭찬에 한껏 관대해진 마음으로 다시 검색해 본 엔다이브의 가격은 새로운 경험을 위한 투자의 비용으로 받아들일 만은 하다. 질 좋은 장봉, 치즈도 만만한 가격은 아니니 엔다이브 탓만 할 일은 아니다. 제 나라에서는 흔한 요리겠지만 우리에게는 색다른 발견이고 요리법도 간단한 엔다이브 장봉! 정식으로 도전한다면 순식간에 프랑스 가정 요리 한 가지를 습득, 응용할 수 있는 좋은 기회가 될 것이다.

으깬 아보카도, 레몬
즙, 양파, 토마토 등을
섞어 딥을 만든 후, 나
초칩을 꽂아 준다.

그릭 요거트 위에 딸
기와 견과류, 건과일
등을 올린 후, 동결건
조 딸기 가루를 뿌려
준다.

후추 스테이크

Steak au Poivre: Classic Pepper Power

알싸한 후추가 폭탄 수준으로 들어 있는 스테이크 맛은 어떨까? 대중적 프랑스 식당에서 흔히 만날 수 있는 후추 스테이크는 믿고 주문하는, 안정감 있는 메뉴 중 하나다. 후추 맛이 흠뻑 밴 농후한 소스의 매력이 상당하다. 제대로 소스에 공을 들인다면 몇 날 며칠이 걸릴 수도, 시판 소스를 이용한다면 눈 깜짝할 새에 완성할 수 있는, 쉽고도 어려운 프랑스식 스테이크에 한번 도전해 보자.

무엇보다 후추에 정성을 들여야 함은 당연지사. 맛의 차원이 다르다는 생후추를 사용하면 좋겠지만 통후추를 냄비 바닥이나 밀대를 이용해 굵게 빻는 성의 정도는 표하자. 거친 결의 후추는 모양도 맛도 투박하니 박력 있다. 생고기의 앞 뒷면에 꾹꾹 박듯이 눌러 넣어도 좋고 장난으로 누가 툭 치고 지나간 것처럼 와르르, 소스에 쏟아부어도 상관없다. 생크림이 들어간 깊고 풍부한 맛의 소스가 다 받아 주어 너무 날카

롭게 맵지 않다.

쉽게 가려다 실패한, 쓰라린 경험담 먼저 털어놓는다. 처음 알아본 레시피에는 고형 소고기 스톡, 구운 소(실은 송아지) 뼈, 육수, 약간의 다진 채소, 생크림, 술 등이 필요했는데 정작 마트에서 내 손에 들려 나온 것은 모든 것이 집약된 스테이크 소스! 혹시나 단맛이 강할까 걱정은 되었지만 애써 무시했다. 가니쉬로 선택한 양송이 볶은 국물, 스테이크를 굽는 중에 빠져나온 육즙, 고소한 생크림을 소스에 섞었다. 결정적 한 방인 강렬한 후추 맛이 모든 걸 제압할 거라는 나의 얕은 계산은 실패로 돌아갔다. 후추 스테이크를 특별히 사랑하는 이의 미묘해지는 표정 앞에서, 나는 태워 먹은 고기 조각처럼 쪼그라들고 말았다. 음습한 예감은 늘 들어맞는다. 소스의 달달함은 끝내 숨겨지지 않았다.

프렌치 요리의 뒤를 살금살금 밟아 가다 보니 5가지 모체 소스mother sauce라는 큰 산을 만나게 된다. 어느덧 이름이 낯설지 않은 프랑스 요리계의 전설, 마리 앙투안 카렘, 조르주 오귀스트 에스코피에 등이 시중의 다양한 소스들을 분류해 가계도처럼 체계화, 정립한 기본 소스들이다. 기초가 되는 것은 엄마 소스, 변용되는 것은 딸 소스라 부르는 것이 재미있다. 베샤멜, 벨루테, 에스파뇰, 토마토, 홀렌다이즈. 소스가 온갖 재주를 다 부린다는 프렌치 요리의 비법 아닌 비법들의 바탕이 되는 것들이다.

ESPAGNOLE
thyme • brown roux (flour + butter) • parsley • pepper • butter • bacon • brown stock (beef / veal stock) • onion • carrot • celery • bay leaf
BÉCHAMEL
white roux (flour + butter) • milk • nutmeg • salt • bay leaf • onion
HOLLANDAISE
egg yolk • butter • lemon juice • water • salt • pepper • cayenne pepper
the 5 Mother SAUCES
VELOUTÉ
blond roux (flour + butter) • white stock (chicken stock / fish fumet) • veal stock) • salt • white / milk • pepper
TOMATO
salted pork • bay leaf • blond roux (flour + butter) • thyme • garlic • salt • sugar • pepper • tomato • white stock (beef / veal stock) • onion • carrot

이 중 고기 요리에 주로 사용되는 것이 바로 색이 짙은 에스파뇰소스이다. 만드는 데 상당한 시간과 공, 비용이 드는 고급 소스라고 한다. 고기, 뼈, 미르푸아mirepoix라는 각 잡고 잘게 썬 채소 3총사(양파, 당근, 셀러리), 토마토퓨레 등을 합해 기름기 걷어 가며 오랜 시간 뭉근히 끓여야 한다. 졸이고 또 졸이다 보면 뼈에서 흘러나온 젤라틴으로 자연스러운 윤기와 점성이 생긴다니 한번은 도전해 보고픈, 전설의 소스답다. 그 산을 넘고 나면 '자! 지금까지는 밑 작업, 이제부터 본 요리 시작!'이 선언된다.

나 돌아갈래! 모체 소스를 몰랐던 때로. 에스파뇰소스의 정체를 알고 나니 귀찮다고 생략했던 베샤멜소스 정도는 쉽게 느껴질 정도다. 산티아고 순례길도 완주를 돕기 위해, 포터 서비스 등의 방법들이 동원된다고 한다. 우리도 각자의 형편과 사정에 맞추어, 길고 힘든 요리의 여정을 구간 구간 줄여 갈 수 있다. 전문가의 도움(ex. 질 좋은 시판 소스)을 받거나, 요리학교 신입생처럼 정석을 밟아 보는 것 등은 모두, 목표를 향해 가는 여정의 일부이다. 각자의 방식으로 맛있는 스테이크에 도달해 보자. 신중하게 고른 프렌치 식당에서 "후추 스테이크 주세요!"를 외치는 것도 좋은 방법이다.

데쳐서 껍질을 벗기고
식초, 오일에 재워 둔
토마토 주위에 로마네
스크 브로콜리를 빙
둘러 든다.

완숙 토마토를 소금,
오일과 함께 갈아 방
울토마토, 오이, 치즈
로 장식한다.

뿔레 바스케즈

이 희한한 이름의 요리는 또 무엇일까? 뿔레는 불어로 '닭', 바스케즈는 '바스크 지역의' 정도의 의미. 이 지역에서 많이 나는 토마토, 파프리카, 고추의 일종인 피망 데스플레트piment d'Espelette 등이 듬뿍 들어가 자연적인 단맛과 은은한 매운맛이 특징인 프랑스식 찜닭 요리다. 익힌 쌀을 곁들일 때가 많다고 하니 괜히 반갑다.

바스크 지역은 피레네산맥의 서쪽, 프랑스에서 스페인으로 걸쳐 있는 곳으로 고유의 언어와 문화, 유전적 특징까지 가지고 있다. 프랑스 최남단의 정체성이 고스란히 담겨 있는 뿔레 바스케즈는 요즘 바짝 탐구 중인 5가지 엄마 소스 중에서 토마토소스 계열, 닭 육수를 사용한다는 점에서는 벨루테소스 계열로 볼 수도 있겠다.

본연의 맛에 근접하고자 불어로 된 동영상들을 참조해 보니

"

길이 여러 개 있는 미로찾기 같다. 집집마다 된장찌개 끓이는 방법이 조금씩 다르듯, 요리사마다 자신의 방식을 보여 준다. 공통적인 것은 토막 낸 닭을 팬에 구워 먹음직스러운 갈색이 돌면 꺼내 놓기. 고기 찌꺼기가 남아 있는 지저분한 기름은 재빨리 씻어 낸다? Non! 감칠맛을 올려 주는 소중한 자산이 되는 남은 기름에 양파, 마늘, 파프리카 등을 넣어 볶다가 구워 낸 닭을 합체하는 것까지도 얼추 비슷하다.

오리 기름을 사용하는 레시피가 기억에 남는다. 닭을 구울 때도, 곁들임 쌀을 볶아 낼 때도! 상상만으로도 진한 풍미에 머리가 어지러워질 지경이다. 색색의 채소들을 정성껏 볶는 동안, 구워 낸 닭은 미리 준비해 둔 닭 육수에 넣어 익힌다. 채소와 합체 시 그 육수의 일부를 같이 넣고, 나머지는 쌀을 익힐 때 물 대신 사용한다. 모든 재료를 한데 넣고 뭉근히 끓이기 시작하면, 통조림 홀 토마토와 고추장 같은 농축 토마토 페이스트를 넣어 센 버전 레시피의 일관성을 지킨다. 흔히 접하는 병조림 토마토소스를 이용하거나 잘게 다진 생토마토를 이용하는 등 바스크식 찜닭에 이르는 길은 여러 갈래다.

약한 버전인 내 바스크식 찜닭은 껍질을 홀라당 벗긴 닭 다리들을 올리브오일에 볶다가 부케 가르니(허브 묶음), 생토마토 다진 것, 양파, 파프리카, 셀러리, 당근, 양송이를 넣어 푹 끓이는 것이다. 소금, 약간의 참치액, 고형 치킨스톡으로 간을 한다. 저수분 팬을 이용하면 별도의 육수나 물이 필요 없

Poulet Basquaise

다. 기분만이라도 내보려고 바스크 고추와 모양만 닮은, 길쭉한 붉은 파프리카를 썰어 넣었다. 매운맛은 하나도 없어 얼마 전 쿠스쿠스 요리 때 사용하고 남은 아(하)리사를 넣어 보기로 했다. 맛이 프랑스 최남단을 지나 북아프리카까지 가버릴까 봐 찔끔만 넣고 말았다. 동영상에서 본 피망 데스플레트 가루는 색조차 연해서 매운맛의 강도가 어느 정도일지는 짐작이 간다. 이국적인 맛을 강조하려면 타임, 오레가노 등의 향신료를 듬뿍 넣으면 좋겠다.

예로부터 바스크는 미식으로 유명하고, 좋은 음식 덕인지는 몰라도 강인한 턱을 가진 그곳 사람들은 힘이 장사라고 한다. 너무 오래전 일이라 까맣게 잊고 있었지만, 그곳에 간 적이 있다. 큰 서핑 대회가 자주 열리는 휴양도시 비아리츠Biarritz(바스크의 중심 도시) 바다, 추운 날씨에도 사람들이 물속에 오리처럼 떠 있어서 놀랐던 기억이 난다. 그때 함께 비아리츠에 갔던 이는 신이 나서 '바스크 고추 요리법 15가지'가 소개된 앱을 보여 준다. 간추리고 간추린 15가지 중 이제 겨우 요리 하나를 했을 뿐이라니. 끝도 없이 차를 타고 내려갔던 남쪽 끝 비아리츠에 가는 것만큼이나 갈 길이 멀다.

삶은 파스타, 고기와 각종 채소를 첨가한 아라비카 토마토소스를 함께 낸
다. 콜리플라워와 로마네스크 브로콜리도 곁들인다.

자몽, 오렌지, 키위, 자색 용
과 등을 섞고 약간의 레몬즙
을 뿌려 준다.

펜넬을 넣은 솔 모르네

Sole Mornay with a Fresh Fennel Kick

엄마 소스mother sauce를 몰랐을 때로 돌아갈 수 없다면, 하는 수 없다. 엄마 소스를 아는 것이 유리해지도록 국면을 전환하는 거다. 3원색으로 수많은 색이 만들어지듯 엄마 소스를 이용하면 기특한 딸 소스를 무한히 개발할 수 있다.

난도 최저 수준인 베샤멜소스에 치즈를 첨가해 만들 수 있는 것이 솔 모르네다. 가자미살을 이용하는 것이 기본이지만 다른 흰살생선도 가능하리라. 먼저 소금, 흰 후추, 레몬으로 밑간을 한 생선 살을 육수에 포칭poaching 해야 한다. 포칭이란 습열 조리 방식의 한 가지로 70~80℃ 정도의 물에 식재료를 서서히 익혀 내는 것이다. 수란poached egg을 떠올리면 이해가 쉬울 수 있다. '포칭poaching이라니 포크fork로 찌르라는 건가?'라는 말도 안 되는 생각을 몇 초 동안 했다. 살짝 데치는 blanching, 뭉근히 끓이는 simmering, 팔팔 익히는 boil-ing, 수증기에 쪄내는 steaming, 익히 해오던 것들이지만 조리 용어로 정리된 것을 보니 새롭다. 육수는 포를 뜨고 남은 생선 뼈를 양파 등의 채소, 부케 가르니 등과 함께 우려내면 된다. 냉동 필레를 구입한 터라 조개 육수를 대신 사용했다.

조개 육수에 펜넬(회향)이라는 신기한 채소를 넣어 생선과 함께 익혀 보았다. 프랑스 마트나 노천시장에서 흔히 보기는 했으나 구매한 적은 없었다. 생소한 것들은 육류나 어류는 물론 채소조차 도전이 쉽지 않다. 얼마 전 주문한 채소 한 꾸러미 속에 펜넬이 두 덩어리나 들어 있는 거다. '이걸 어떻게 먹어야 하지?' 듣도 보도 못한 기괴한 채소를 받은 적도 있어서 이름과 모양새라도 아는 것에 안심하며 한 장을 떼어 맛보았다. 특이한 식감에 특이한 향. 아는 맛이었다. 내가 '서양 맛'이라고 부르는 바로 그 맛! 대다수 한국 사람은 낯설어할. 원수는 외나무다리에서 만난다고 했던가. 미나리과의 채소라고 한다. 약용으로도 많이 쓰인다고 하고. 이쯤 되면 호불호가 갈릴만한 채소인 것은 짐작이 될 것이다. 이제 우리 농가에서도 재배되고 있으니 궁금한 분들은 도전해 보시길! 독특한 향 때문인지 프랑스에서는 생선요리 등에 많이 사용된다고 한다. 생긴 것은 양파와 파를 섞어 놓은 듯도 하고 한 장 한 장 떼어 보면 단아한 꽃 카라를 닮았다. 생으로 먹을 때 더 향이 진하고, 제법 식감이 단단하다.

동그랗게 말아 익히려 했으나 덜 녹은 냉동 생선 살은 부러질지언정 굽히지 않는 강직함을 드러냈다. 하는 수 없이 토막

fennel

내 생선 필레가 조용히 익어 가는 동안, 달군 팬에 버터를 녹인다. 밀가루를 넣어 타지 않을 정도로 볶다가 우유를 조금씩 부어 끓이면, 이름만 어려운 베샤멜소스가 완성된다. 밀가루가 뭉치지 않도록 주걱을 부지런히 놀리기만 하면 된다. 여기에 그뤼에르나 에멘탈 치즈(아니면 그냥 집에 있는 치즈)를 넣으면 모르네소스가 만들어진다. 나는 한 덩어리 사서 조금씩 잘라 먹고 있던 반경성 치즈를 굵게 갈아 넣었다. 다 익은 생선 살을 펜넬 조각들과 차례로 쌓아 올린 후, 모르네소스를 듬뿍 뿌려 준다. 넉넉히 넣어 준 치즈가 소스에 점성과 염분, 윤기를 더해 어린이들도 맛있게 먹을 것 같다. 생선을 익히고 남은 뽀얀 조개 육수까지 섞으면 완벽. 생으로 먹을 때는 향이 강했던 펜넬도 익히니 단맛이 더 도드라진다.

어렵게만 생각했던 프렌치 소스 만들기가 이렇게나 쉬웠다니. 파스타를 삶아 남은 소스에 비벼 먹으면 좋다. 새로운 식재료 펜넬과 함께한 소스 만들기는 즐거웠다. 영어로 된 조리 용어들로 오랜만에 뇌도 활성화하고. '모르네'가 '아네!'로 변하는 매직이랄까.

초록 잎채소 위에 산
딸기, 견과류, 건과일,
유채 꽃잎을 얹고 드
레싱을 뿌려 준다.

코코넛밀크, 그릭 요
거트, 대체당, 무화
과를 갈아 얼린 아이
스크림과 조각낸 무
화과를 함께 켜켜이
쌓는다.

바람에 날아오르다, 볼오방

Up and Away with Vol-au-Vent!

요리 이름이 왜 이렇담? 볼vol은 '비상', 오방au vent은 '바람에'라는 뜻이다. 겹겹의 페이스트리가 부풀어 오른 모양을 이렇게 표현하다니. 그릇의 역할을 하는 퍼프 페이스트리 안에 닭, 해산물 등을 소스에 버무려 담은 요리다.

비슷한 것들이 없진 않다. 둥그런 빵 속을 파내 크리미한 해산물 스튜, 혹은 진득한 크림파스타를 담아내기도 한다. 하지만 섬세한 겹겹의 페이스트리 그릇이라니, '역시 프랑스!'라는 감탄과 한숨이 절로 나온다.

인상 깊게 본 〈프렌치 수프〉라는 영화 속에 커다란 볼오방이 완성되는 장면이 나온다. 갓 오븐에서 꺼낸, 둥그렇게 부푼 퍼프 페이스트리의 윗부분을 도려낸다. 각종 재료에 뽀얀 베샤멜소스를 부어 버무린 것을 빈 속에 소복하게 채워 넣는다. 그 위에 아스파라거스를 얹고 도려낸 동그란 조각을 모자처

럼 씌운 후, 초록 생채소까지 올리니 층층의 케이크처럼 보인
다. 탄성으로 맞이하는 손님들에게 조각내어 서빙하면 접시
위에는 완벽한 한 세계가 펼쳐진다. 볼오방이 주특기인 여주
인공 의제니는 디저트 명장의 딸이다. 날아오를 듯 가볍고 바
삭한 페이스트리 층이 볼오방 요리의 완성도에 얼마나 중요
할지는 능히 짐작할 수 있다.

'그런 페이스트리 나는 절대 못 만들어!' 지레 겁먹지 말자. 레
스토랑에서도 시간과 노력이 많이 필요한 페이스트리 생지
를 사서 쓴다고 한다. 베샤멜소스가 부담스럽다면 속 재료 볶
을 때 밀가루를 소량 넣어 잘 섞어 주고 우유를 조금씩 부어
가며 완성하면 된다.

압도적인 볼오방의 덩치를 줄여 1인용 크기로 만들어 먹기도
한다. '여왕식 한 입 거리bouchée à la reine'라고 부르는데 여
기에는 제법 슬픈 사연이 스며 있다. 프랑스 루이 15세의 아
내, 마리 레친스키는 남편의 마음을 잡기 위해 친정아버지가
비법을 전해 준 볼오방을 먹기 좋게 크기를 줄였고 적어도 보
급에 기여한 것은 확실한 모양이다.

우리에게 집 나간 며느리를 불러들이는 '전어'가 있다면 프랑
스에는 떠난 남편의 마음을 붙잡아 매는 '볼오방'이 있는 것
일까? 프랑스판 '사랑과 전쟁'에도 동화 같은 해피엔딩은 없
다. 준수하고 심성 좋은 왕으로 시작한 루이 15세는 여성 편

La passion du vol-au-vent

력으로 더 유명해졌고, 왕비는 이런 남편과는 거리를 두고 그의 정부, 퐁파두르 부인과는 정략적 관계를 유지하기도 하면서 조용한 삶을 영위했다고 한다.

온라인 주문한 에그타르트 셸 생지는 에어프라이어의 열풍에 잘도 부풀어 오른다, 루이 15세의 달뜬 마음처럼. 애써 무심한 척하는 여자처럼 절도 있게 새우, 마늘, 펜넬, 버섯, 딜을 다져 버터에 볶다가 베샤멜소스와 섞어 소로 채워 넣는다. 재료는 취향껏 준비하면 된다, 거칠 것 없는 사람들이 그러하듯 마음이 시키는 대로!

볼오방, 유혹에 뛰어드는 불나방 같은 왕의 마음을 주저앉히지는 못했지만, 뜻밖에도 그 풍부하고 섬세한 맛 덕에 다른 사람들이 행복해졌다. 임무 완수에 '실패 아닌 실패'를 한 특급 레시피라고 할까?

오목한 유리그릇의 가
장자리게 버터헤드,
안쪽에는 보라색 콜리
플라워와 로마네스크
브로콜티를 담고 드레
싱을 곁들인다.

간장 양념한 두부를
곱게 간 것 위에, 살
짝 익힌 굴을 올리고
채소를 곁들인다.

양대파 비네그레트

프랑스에서 (한국인) 입맛에 잘 맞았던 대파 비네그레트를 응용해 보았다. 마늘의 일종이지만 생김새는 비슷한, 프랑스 대파poireau를 푹 익혀 식초 소스에 절인 것으로 새콤달콤, 익숙한 맛에 자꾸만 손이 갔었다.

양파의 싹을 키워 만든 양대파는 '대파의 탈을 쓴 양파'로 매운맛이 적고 식감이 부드러운 것이 특징이다. 칼집을 넣어 물에 푹 익혀도 되고 올리브오일을 뿌려 구울 수도 있다. 익힌 양대파는 약간의 물, 식초, 소금, 오일, 레몬, 허브, 홀그레인 머스터드 등을 섞은 소스에 푹 담가 둔다. 프랑스에서는 차가운 전채요리로 먹지만 장봉, 닭가슴살 등의 단백질을 곁들이면 근사한 한 그릇 음식으로 변신한다. 나는 삶은 달걀을 조각내어 위에 얹고 시판 베아르네즈béarnaise소스를 뿌려 보았다.

베아르네즈를 한 입 찍어 먹어 보니 친숙한 마요네즈의 맛이 살짝 나긴 하지만 훨씬 풍미가 깊고 섬세하다. 마요네즈가 식물성 기름과 달걀노른자, 식초의 만남이라면 베아르네즈는 정제버터를 사용하는 것이 다르다. 정제버터란 버터를 약하게 가열하며 유당과 수분을 제거한 것으로 발연점이 높고 맛이 깔끔하다고 한다. 먼저 작은 양파 모양의 샬롯을 다져 타라곤, 화이트와인, 식초와 함께 졸인다. 다음에 달걀노른자를 넣어 중탕하고 정제버터를 추가해 잘 저어 주다가 소금, 레몬즙, 파슬리 등을 넣어 마무리한다. 이렇게 만들어지는 베아르네즈소스는 5가지 엄마 소스 중 버터를 기본으로 하는 홀렌다이즈소스 계열이다. 두 소스는 만드는 과정이 거의 동일하고 타라곤 등의 허브 사용 정도가 다를 뿐이다. 베아르네즈는 스테이크, 생선 등의 해산물, 채소 모두에 잘 어울려 활용도가 높다.

프렌치 요리를 알아 갈수록 버터가 '골수'와도 같은 존재라는 사실을 깨닫게 된다. 뱃살의 압박에 시달리는 나에게는 요주의 대상. 동물성 지방 버터 맛을 잘 아는 누군가는 단언한다, 돼지비계, 소기름, 라드 등등 동물성 지방처럼 맛난 것이 없다고. '알아요! 안다고요, 꺼이꺼이.' 꽤 오랜 세월 동안, 유럽의 어느 지역에서는, 사체에서밖에는 얻을 수 없는 동물성 기름 대신, 동물의 젖을 이용해 만들 수 있는 버터가 아주 아주 고마운 존재였다. 올리브오일을 구할 수 있는 남쪽 지역이 아닌 한 말이다. 중세의 로마 교황청은 동물성 지방이라는 이유

Tulli's Kitchen
Butter
BEURRE
Butter
TULLI
Le Beurre
de Baratte
2025
doux
POIDS NET
200g
Beurre
Butter
Le beurre de
la cuisine de Tulli
La beurre de
la cuisine de Tulli
Tulli
SANS OGM
POIDS NET
NETTOGEWICHT:
250 g
Maturation
longue en
crèmes
Le beurre de
TULLI
POIDS NET : 250g
demi-sel

로 사순절을 비롯한 특정 기간에 버터 섭취를 금지하였고 이
를 허용하는 대가로 세금을 징수하거나 면죄부를 발행하였
다. 종교개혁의 리더, 독일의 마르틴 루터Martin Luther는 가
톨릭교회의 짭짤한 돈벌이 수단이 된 버터 금지령을 신랄하
게 비판했고 버터를 주로 사용하는 북부 유럽의 국가들이 대
거 개혁에 동참한 것은 우연만은 아닐 것이다. 졸지에 논란의
중심이 된 버터는 당시의 부조리한 상황에 대해 이렇게 말하
고 싶었을지도 모르겠다. "선생님들, 여기서 이러시면 안 됩
니다!"

버터에 관한 질문을 받은 유명 셰프가 '할많하않'의 표정으로
안 좋은 식물성 기름들도 많다고 우회하여 대답하는 것을 보
았다. 디저트 수업에서 만난 선생님은 좋은 버터를 과하지 않
게만 먹으면 된다고 안심시켜 주기도 했다. 제일 위험한 것은
가짜 버터다. 이상한 것들이 첨가된 수상하게 싼 버터는 성분
을 잘 확인해야 한다고 한다. 먹을 거면 순수한 것을 먹자. 좋
은 것을 먹자, 너무 많이는 말고.

루콜라, 오이, 딸기, 생
모차렐라에 드레싱을
끼얹고, 동결건조 딸
기 가르를 뿌려 마무
리한다.

아보카도, 민트 시럽,
코코넛 크림, 우유로
만든 아이스크림 위에
대추칩과 카카오닙스
를 뿌려 준다.

치킨 프리카세와 대파 수프

Chicken Fricassée and Leek Soup

으마카세도 입에 붙기까지 오래 걸렸는데 프리카세? 낯선 기묘한 이름에 겁내지는 말자. 불어로 튀기다frire와 깨트리다casser가 합쳐진 말이다. 주로 닭, 양이나 송아지 고기를 조각내서casser 살짝 팬 프라잉frire 한 후 채소와 함께 육수에 익히고, 마지막에 생크림을 첨가하는 요리다. 유제품이 발달한 프랑스에서는 고기나 생선에도 활용해 풍미를 더하는 경우가 많은 것 같다. 느끼함이 걱정되기도 하지만 식재료 자체에서 나오는 수분과 어우러져 색도 맛도 자연스러움과 부드러움을 가지게 된다.

대파 수프는 집에 대파가 유난히 많을 때, 아직 남아 있는데도 덜컥 새 대파 한 단을 들여놓은 날 만들기에 좋다. 여기저기 불려 다니며 두루 쓰이지만, 간혹 혐오자들에게 자비 없는 석출을 당하기도 하는 고달픈 대파가 단독 주인공이 될 좋은 기회다. 조연인 감자, 생크림, 우유, 치즈 등의 조력을 받아 우아한 대파 수프로 거듭날 수 있다. 이럴 때 맛의 깊이를 더해 주는 것이 벨루테소스이다. 닭, 송아지 고기, 생선 등을 푹 고아서 만든 것으로 쓰임새가 좋다. 닭 날개뼈, 생선뼈 등도 알뜰하게 활용할 수 있다.

대파 수프 만들기는 꽤나 간단하다. 먼저 편으로 썬 감자를 버터나 올리브오일에 볶다가 벨루테소스, 아니면 그냥 물, 치킨스톡, 채수 등을 넣고 대파를 듬뿍 넣어 끓인다. 우유나 생크림은 나중에 추가하여 블렌더에 곱게 간다. 얇은 파를 구워 얹어 보니 정체성도 알리고 씹는 맛도 추가되어 좋다. 대파와 감자 조합은 국으로도 좋은데 감자를 참기름에 볶다가 파를 왕창 넣고 끓이는 것이다. 준비된 육수가 없어 액젓 정도로만 간을 해도 감칠맛이 나는 신기하고 세상 간편한 국이다. 동, 서양 버전 다 맛이 훌륭한 것은 원재료인 대파와 감자의 힘일 것이다.

'내 맘대로 치킨 프리카세'는 껍질을 홀랑 벗겨 간을 해놓은 닭을 올리브오일에 적당히 구워 준 후, 육수 대신 요즘 잘 쓰고 있는 시판 양파즙과 양배추즙을 넣고 푹 끓이다가 적당한 시점에 우유와 생크림을 넣어 준 것이다. 화이트와인을 넣을 수도 있다는데 사실 깜빡 잊었다. 기본 채소인 양파와 양송이에 빨간 파프리카와 제철 아스파라거스를 추가해 주었다. 아스파라거스는 보통 수입산인 경우가 많지만 봄에는 국산으로 맛볼 수 있으니 이때를 놓치지 말자. 새봄에 대지를 뚫고

나와 머리를 내미는 아스파라거스에는 좋은 힘이 잔뜩 묻어
있을 것만 같다. 익은 닭은 건져 놓고 남은 국물을 반으로 줄
여, 눅진한 소스 형태로 고기 위에 끼얹어 내는 방법도 있다
고 한다.

정성스러운 벨루테소스를 미처 준비하지 못했어도 맛난 생
수와 가루 치킨스톡만으로도 충분히 맛있는 치킨 프리카세
가 가능하다. 우리 집에 엄격한 미슐랭 가이드 심사 위원들이
불시에 찾아올 일은 없으니 걱정 없다.

어느 날 맵고 자극적인 음식 대신 부드럽고 느끼한 그 무엇이
당길 때, 프랑스 가정식은 훌륭한 답이 될 수 있다. 고기나 채
소들을 평소보다 조금 더 익히는 것을 잊지 말자. 먹어 보니
내 치킨 프리카세는 조금 더 끓였어야 했다, 토종닭이라면 더
더욱. 뼈라도 녹을 듯 부드러운 상태, 그게 프렌치 요리에는
제격이다.

가지 속을 파내어 찐
다. 속살을 다져 밥, 닭
가슴살과 양념해 볶고
찐 가지 속에 꼭꼭 눌
러 담는다.

무화과를 틀로 찍어
초록 사과와 함께 담
고 코코넛 크림과 딸
기 크림치즈를 섞은
소스를 곁들인다.

광어 파피요트

익힌 광어살이 이렇게나 뽀얗다니! 주로 회로 먹고, 남는 건 매운탕에 투척했던 광어의 '흰 살' 생선다움은 파피요트 방식en papillote이 아니었다면 영원히 모를 뻔했다. 파피요트는 요리용 종이나 포일에 내용물을 잘 감싸서 오븐에 넣어 찌듯이 요리하는 방식이다. 재료에 버터와 오일, 각종 향신료를 듬뿍 넣어도 감춰지지 않는 순수하고 깨끗한 맛이 매력 포인트랄까?

마트에서 얼리지 않은 광어 필레를 모셔 왔다. 홀렌다이즈소스를 이용한 생선요리법을 궁리하다 보니 자연스레 파피요트 방식이 떠올랐다. '지지고 볶고'가 아니어서 묵직한 홀렌다이즈소스와 궁합이 좋을 것 같았다.

버터 때문에 금방 굳는 특이점이 있는 홀렌다이즈소스는 '놓치지 않을 거야!' 정신으로 재료에 '착붙'하여 남다른 고소함을 뽑낸다. 그릇에도 잘 달라붙어 설거지 시 주의가 필요하긴 하다. 정통 방식으로는 샬롯을 화이트와인에 조리는 선행 과정이 필요하지만 생략하고 달걀노른자, 버터, 식초를 이용한 '유화'에만 집중하기로 한다. 따로 놀기로 유명한 식초(물)와 버터(기름)를 한 몸으로 만들어 주는 것이 바로 달걀노른자의 레시틴 성분이라고 한다. 식물성 기름을 이용하는 마요네즈와 달리, 잘 굳는 버터의 특성 때문에 꽤나 공을 들여야 유화에 성공할 수 있다. 다행히 요즘엔 블렌더가 손을 많이 덜어 준다.

파피요트는 종이를 여러 겹 겹쳐 내용물을 담고 양 끝을 사탕껍질처럼 비틀어 여미는 방식이 흔히 사용된다. 더 많은 재료를 편하게 담고 싶어 내열 용기에 종이를 여러 겹 겹쳐 깔고 올리브오일을 뿌린 후, 밑간해 놓은 광어 두 쪽을 올리고 팽이버섯, 각색 콜리플라워, 브로콜리니 등으로 둘레를 장식해 주었다. 어쩌면 이 어여쁜 아이들이 오늘의 진짜 주인공들일지도 모르겠다. 소금과 후추 등을 팍팍 뿌려 주고는 종이로 다시 덮어 오븐에 넣는다.

꽁꽁 싸맨 파피요트가 끝 모를 완성을 향해 가는 동안, 잽싸게 홀렌다이즈소스를 준비해야 한다. 소심한 손이 버터를 너무 조금 넣은 탓인지, 시들어 가는 레몬이 아까워 너무 많이 넣은 탓인지, 달걀노른자가 부족했던 것인지, 블렌더를 몇 번이고 돌려도 원하는 부피감이 나오지 않는다. 이럴 때는 역

flétan en papillote

시 완성형 제품의 힘을 빌려야지! 며칠 전 쓰고 남은 시판 베아르네즈소스를 섞어 농도를 맞추니 다소 묽은 제형이 되었다. 나의 '버터 무서움증'은 극복되지 않았다. 뭉텅이로 넣었어야 했나 보다. 이런 종류는 역시 사 먹는 것이 정답일까? 설탕, 버터 사용량에 손이 떨려 디저트 만들기를 포기하고 가게로 달려가는 것처럼 말이다.

그래도 오늘의 파피요트 요리법 선택은 탁월했다. 재료 본연의 맛도 살리고 겹겹의 종이를 걷어 낼 때의 콩닥콩닥 기대감이라니! 전자레인지용 팝콘 봉지가 터질 듯 부풀어 오른 것을 개봉할 때의 긴장감이다. 눈앞에 펼쳐지는 마술 같은 요리 풍경에 식탁의 모든 눈들이 한 곳으로 집중되는 퍼포먼스가 가능하다. 요리하는 사람은 설계자로서의 내밀한 기쁨을 만끽한다. 잘 되면 유능한 내 덕, 안 되면 꽁꽁 싸맨 덕에 속이 안 보여 불 조절이 어려웠던 탓이다. 생선뿐 아니라 새우, 전복, 조개, 문어 등등 주재료와 곁들임 채소는 얼마든지 변화를 줄 수 있다. 시원한 화이트와인으로 목을 축여 가며 촉촉한 해산물과 채소를 녹진한 소스에 푹 찍어 먹는 재미, 놓치면 나만 손해다.

크래커 위에 아보카도, 딸기, 사과 등을 얹고 바질 페스토를 뿌려 준다.

디바를 위한 멜바 소스!

한동안 학습에 공을 들였던 5가지 엄마 소스는 딸 소스들로 복잡한 가계도를 그릴 수 있을 정도다. 그런 중요한 소스들의 무게감에 짓눌려 있던 중, 상큼하고 가벼운, 부담 없는 소스를 만났다. 이름은 멜바 소스. 족보에도 없이 어디서 툭 튀어 나온 것 같은 이 발랄한 소스는 라즈베리(산딸기)로 만든다.

근본이 없기는커녕 프랑스 요리계의 거성, 오귀스트 에스코피에가 당시 일하던 런던 사보이 호텔의 특급 손님을 위해 개발한 것이라고 한다. 에스코피에는 앙투안 카렘 같은 이전 셰프들의 뒤를 이어 프랑스 요리를 체계화, 현대화하고, 주방의 질서를 만든 뛰어난 셰프이자 저자였다. '셰프들의 왕, 왕들의 셰프'라는 그는 명성에 걸맞게 프렌치 요리를 발전시켰다. 당대 전 유럽에 명성을 떨치고 있던 호주 출신 소프라노 가수 넬리 멜바가 특별 디저트를 헌정받은 영광의 주인공. 복숭아 조림, 아이스크림 위에 라즈베리 소스를 뿌린 것이 '피치 멜바'라는 디저트로 정착되었다. 재료 조합만으로도 이미 맘이 설렌다.

코코넛 크림과 저당 감미료, 우유를 적당히 섞어 냉동에 넣고 생각날 때마다 뒤적여 주니 아이스크림은 아니어도 셔벗이나 빙수 정도의 재질은 된다. 산딸기 한 팩을 설탕이나 저당 감미료와 함께 끓여 졸여 둔다. 적당한 용기에 홈 메이드 빙과를 깔아 주고 그 위에 복숭아 조각들, (얼려 둔) 산딸기를 얹고 멜바 소스를 끼얹으면 완성이다. 민트잎까지 더해 주면 게임 끝! 과자나 견과류 등은 추가 옵션 되시겠다. 고추장을 닮은 검붉은 산딸기 소스 덕에 팥빙수 느낌도 난다. 아이스크림은 시판 제품을 사용해도 무방하다. 산딸기 소스는 딸기와는 또 다른 매력의 풍미를 뽐낸다. 리코타 치즈, 크림치즈 등과 함께 빵에 발라 먹거나 요거트 위에 뿌려 먹어도 좋다.

게으른 자의 손도 자발적으로 움직이게 만드는 마성의 홈 메이드 디저트. 물론 부담스럽지 않은 난이도여야 한다. 만드는 동안 들인 상당한 에너지 덕에 최종 칼로리에서 얼마간은 공제가 가능하다. 저당 제품들을 이용하면 더더욱.

디저트를 먹기 위한(?) 본음식들은 숙주를 깐 소고기+미니 파프리카 꼬치와 푸짐한 샐러드. 후식을 원 없이 먹기 위해 최대한 가볍게 구성해 보았다. 한 봉지를 털어 넣어 넓은 그릇의 바닥을 채운 숙주는 천재를 만드는 식재료란다. 아, 자

Peach Melba

라며 숙주를 더 먹었어야 했다! 새콤달콤한 가벼운 양념을 입
히니 국수처럼 잘도 들어간다. 꼬치야 말해 뭐해. 우리는 얇
은 막대기의 마법에 늘 마음을 빼앗긴다. 어디에도 잘 어울리
는 홈 메이드 멜바 소스, 들고 먹으면 기분이 좋아지는 꼬치
요리. 가끔은 우리를 어린아이처럼 무장해제시키는 메뉴들
로 식탁을 채워 보자.

산딸기 철을 놓칠까 봐 마음을 졸이며 맛있는 복숭아가 나오
기만을 기다렸다. 결국 그새를 못 참고 산딸기 소스부터 만들
어 두었다. 에스코피에의 '피치 멜바'가 탄생한 계절은 과일
이 풍성한 여름이었을까? 부담감, 혹은 기대감으로 그도 나
처럼 두근두근했을지 모르겠다. 절정의 셰프가 디바를 위해
특별히 만든 디저트! 우리도 아끼는 누군가를 위해서 특별식
을 개발해 보자. 콕 집어 그의 이름을 따서 말이다.

데쳐서 새콤달콤하게 양념한 숙주 위에 간장 양념한 소고기, 버섯, 파프리카 꼬치를 얹어 준다.

연두부, 참기름, 식초, 참깨, 참치액을 갈아 만든 드레싱을 준비한다. 상추, 미나리, 깻잎, 양배추 섞은 것에 토마토를 두르고 드레싱을 끼얹는다.

피티비에, 이걸 내 손으로?

늘 새로운 식단을 고민하는 나에게 우리 집 젊은이가 제안한다. "피티비에를 만들어 보면 어때?" "그게 뭔데?" "비프웰링턴 비슷한 거야." "흠… 복잡하게 생겨서 식당에서만 먹을 수 있는 그런 음식이잖아?" 언제 먹어 봤더라… 제목과 줄거리는 알지만 막상 읽어 보지는 않은 고전 명작 같다. 사진으로만 보았을 뿐, 실제로는 먹어 보지 않았을 수도 있다. 일종의 미트파이로 면면을 뜯어보면 구운 '거대 만두' 같기도 하다.

만들기 어렵게 느껴지는 것은 고기와 채소를 감싸는 겹겹의 페이스트리 층 때문일 것 같다. 그래서 더 매력적이고 특별해 보이지만. 생지 구하기가 쉬워졌다 해도 만두피처럼 사용이 간만한 건 아니다. 냉동 상태의 것을 적당히 해동해야 한다. 너무 많이 녹아 늘어지면 다루기가 불편해진다. 상온에 놔두면 조금씩 부풀어 오르기까지 한다. 초반의 실패는 각오해야 할 것이다. 나도 오븐 온도를 너무 높게 설정해서인지 겉 반죽이 까맣게 타버리는 참사를 맞았다. 심기일전, 재빨리 다음 것을 만든다. 첫 번째 우주 발사체 띄우기에 실패한 과학자가 곧바로 다음 발사를 준비하는 마음과 비슷할 것이다. 이번에는 온도를 낮추어 천천히 익히니 예쁘게 색이 나온다.

입에 척척 달라붙지 않는 '피티비에'는 이 요리가 탄생한 지역 이름이라고 한다. 어쩐지 프랑스 현지 빵집에서 익숙하게 보았던 비주얼은 속 재료를 단, 짠 둘 다 사용하기 때문이었다. 단 걸 넣으면 디저트가, 고기 등을 넣으면 식사용이 되는 것이다. 식사용 피티비에는 보통 고기, 버섯, 생햄, 시금치 등이 주된 재료이다. 마침 대용량으로 사 놓은 미국산 안심 덩어리들이 나를 압박하고 있어서 이런 게 '운명!'인가 싶었다.

양송이버섯을 블렌더에 갈아 준 후, 팬에 오래 볶아 물기를 날려 준다. 고기는 살짝 간을 하고 겉만 구운 후, 디종 머스터드를 발라 준다. 풍미를 더하고 접착제 역할까지 해준다고 한다. 시금치는 살짝 데쳐 물기를 최대한 제거해 둔다. 생지가 바삭하게 익게 하기 위한 기본 작업인 셈이다. 비닐랩을 이용해 시금치, 버섯, 생햄을 한 덩어리를 만든다. 고기도 마찬가지로 생햄, 버섯 등과 한 덩어리로 뭉친다. 생지1을 밀대로 늘려 그 위에 고기, 윗단에는 시금치 덩어리를 쌓는다. 그 위로 조금 더 넓게 밀어 둔 생지2를 올린 후 1, 2를 맞붙여 준다. 포크로 접합 부분을 꼭꼭 눌러 주면 예쁜 무늬도 생기고 빈틈이

Pithiviers

없어진다. 마지막으로 겉면에 달걀노른자를 발라 주면, 익을수록 먹음직한 색이 난다. 윗부분에 구멍을 뚫어 김이 나가도록 하는데 이 또한 페이스트리 껍질을 바삭하게 만들기 위함이다. 생햄 대신 집에 있는 샌드위치용 칠면조 슬라이스를 넣어 보았다. 아무래도 생햄이 더 감칠맛도, 밀착력도 좋을 것 같긴 하다.

유난히 부산했던 한 끼 식사를 마치고 지친 몸을 소파에 몸을 누인다. 사진들을 훑어보다 보니 아뿔싸, 소스가 없다! 본체 완성만도 버거웠던 탓일까? 메뉴를 제안한 젊은이도 덩달아 피곤해 보인다. 하지만 내 손으로 만든 피티비에라니, 드문 큰 도전이다. 원통형 고기를 생지로 둘둘 마는 비프웰링턴이 상대적으로 쉬워 보일 정도다. 까맣게 태워 먹은 첫 번째 실패작은 페이스트리 층도 너무 두꺼웠다. 두 번째 시도에는 더 얇게 해보니 식감도 좋아지고 속까지 잘 익는다. 모자 같기도 '코끼리를 삼킨 보아뱀' 같기도 한 나의 피티비에. 그렇다면 다음번엔? 더 잘할 게 분명하다, 그날이 언제일지 모르는 것이 함정일 뿐.

완두콩을 삶아 우유
나 생크림을 넣고 잠
시 더 끓이다가 블렌
더에 갈아 준다. 절인
자색 양배추, 오이,
파프리카, 피클 등을
함께 낸다.

호박을 구워 리코타
치즈, 송어알, 건무
화과, 견과류, 딜을
얹어 낸다.

4

이제는 알아서 척척

고등어 타르티나드

Mackerel Tartinade: Spread the Flavor!

한동안 얌전히 프렌치 요리의 기초를 다져 왔으니 뭐라도 만들어 봐야겠다, 배운 티 팍팍 나도록! 프렌치 요리에서 배운 것은… 긴 시간 조리대 앞에 붙어 있어야 한다는 것?

생선요리를 고민하다가 집에 고등어가 많다는 사실이 떠올랐다. 가시가 제거된 냉동 필레 세 조각을 골라 해동 후에 에어프라이어에 익혀 준다. 비트 한 덩이는 뭉근히 익혀 잘게 다진 다음, 산딸기 드레싱을 넣어 양념해 준다. 화이트 발사믹을 넣으니 단맛이 강화된다. 익힌 고등어는 남아 있는 잔가시를 제거해 가며 요즘 잘 쓰고 있는 고트 크림치즈, 마늘 가루, 디종 머스터드, 레몬즙, 후추, 다진 파 등을 넣어 잘 섞어 준다. 어쩐지 캔 참치 버무린 것 같은 외양이 되고 말았다. 맛도 양념 맛에 가려 고등어의 정체성이 흐려지긴 했다. 고등어 애호가라면 양념을 덜 하는 것도 방법이리라. 상큼한 맛을 담당해 줄 당조고추와 오이 맛 고추를 다져 달걀 드레싱과 섞어 준다. 삶은 달걀, 올리브오일, 식초를 믹서에 돌리면 연노랑 드레싱이 된다. 방치되어 시들어 가던 산딸기로 만든 산딸기 드레싱, 잉여 달걀로 만든 달걀 드레싱, 이렇게나 써먹을 데가 있으니 흐뭇하다.

타르티나드는 스프레드에 해당하는 불어다. 두 가지 색 크래커에 얹으니 그럴듯한 카나페가 된다. 바게트와 함께 먹어도 좋다. 냉장고 사정에 따라 주재료를 고르고 취향에 의거, 마요네즈나 크림치즈, 그릭 요거트, 리코타 치즈, 머스터드 등을 이용해 농도를 맞추고 맛을 완성해 가면 될 것 같다.

걸리는 시간이 적지는 않다. 비트도 약불에 1시간 정도는 익혀야 하고 고등어는 숨어 있는 잔가시를 골라내느라 정신을 바짝 차려야 한다. 연어 등의 잔가시 없는 생선이나 캔 참치를 이용하면 편할 것 같다. 늘 구워 먹기만 하던 고등어의 새로운 활용법을 발견한 기쁨은 수확했다. 몸에 좋고 색도 강렬한 비트는 손질이 귀찮아 외면하고 있던 터라 역시 부지런히 몸을 놀려야 함을 깨닫는다. 익혀서 밀봉한 제품도 있으니 편하게 이용해도 좋을 것 같다. 당조고추는 대한민국에서 처음 개발된 고추 품종이고 혈당 조절에 도움이 된다고 한다. 크기는 큰 것까지 다양하고 매운맛은 거의 없는 편이다. 색이 연하고 고와서 샐러드, 카나페 등으로 활용도가 있다.

도마에서 자꾸만 달아나는 자잘한 채소들을 주워 담고 있으

Tartinade de
Maquereau

니 라디오에서 오래된 샹송이 흘러나온다. 몇 구절만은 잘 알아들을 수 있다. "오~ 나는 절대 혼자가 아니야, 내 외로움과 함께라면.Oh, je ne suis jamais seul, avec ma solitude!" 목청껏 따라 불러 본다.

지금 나와 함께 해주는 것은 은근히 손 많이 가는 생선과 제멋대로인 채소들인 건가? 이럴 줄 알았으면 가시가 한 개라도 발견되면 보상해 준다고 장담하던 그 홈쇼핑에서 고등어를 주문할 걸 그랬다. 오늘은 이 요리를 함께 먹어 줄 사람이 있어 힘을 낼 수 있었지만 설령 혼자여도 어떤 요리는 '외로움'보다는 한 급 위의 동반자가 될 수 있을 것 같다. 매일의 반복되는 요리보다는 처음 해보는 요리, 시작은 내가 했어도 끝은 책임질 수 없는(?) 창작 요리가 더 제격이다. 프렌치 요리의 어느 족보에 끼워 넣을 수 있을지는 모르겠지만 '정성을 한없이 들이'라는 그 기본만은 잘 챙겨 담은 내 고등어 타르티나드. 반응은 좋았다. 당연하지!

색색의 크래커 위에 3
가지 타르티나드를 적
당량 얹어 준다.

반 가른 당조고추에
달걀 타르티나드를
채운다.

절실함을 숨겨 놓은, 우아한 건강 브런치 3종

Three Elegant Brunches That Secretly Scream 'Help'

매우 절실한 필요에 의해 건강에 좋은 브런치 3종을 준비해 보았다.

1. 닭가슴살과 비트, 데이지 오믈렛 브런치

"아, 닭가슴살이 생모차렐라면 얼마나 좋아!"가 솔직한 식후 감이다. 모차렐라를 닮은 닭가슴살과 익힌 비트를 비슷한 크기로 잘라 접시에 빙 두르고, 중앙에는 초록 잎채소를 담는다. 발사믹 글레이즈나 핫소스 등을 뿌려 주면 위로가 된다.

사실 힘을 준 곳은 따로 있다, 말썽꾸러기 강아지처럼 뜻대로 안 되었지만. 노른자만 쏙 빼서 쓰고 남은 흰자가 냉장고에 있어 시작한 오믈렛. 달걀 1개를 추가해 노른자는 소중히 분리해 둔다. 흰자를 거품 내어 구름처럼 포근히 둘러 주고 중앙에 노른자를 살포시 얹어 청순한 오믈렛을 만드는 것이 목표였는데… 오븐에 넣어 두고 비트와 닭가슴살 플레이팅에 신경 쓰는 사이, 데이지 꽃잎을 닮아야 할 흰자 거품은 노릇하게 변하고 말았다. 이럴 수가! 말캉하고 봉긋해야 할 노른자는 납작하게 익어 버린 게 아닌가. 마지막 즈음에 살짝 얹기만 했어도 됐는데… 아쉬움만 한가득, 누렇게 뜬 데이지 오믈렛 한 상. 절실하지 않아도 되는 분들은 재료 선정에 유연성을 가질 것. 달걀흰자에 슈레드 치즈를 넣어도 된다고 하니 시도해 보시기를. 더블 에스프레소는 까맣게 타들어 간 내 마음을 대변하고 있는 듯하다.

2. 토마토꽃 위의 중화풍 닭가슴살 무더기

토마토를 편으로 썰어 접시에 둘러 담고 샐러드 채소들을 얹는다. 그 위에 올리브오일과 식초를 적당량 뿌려 주고, 결대로 찢어 라조장 양념한 닭가슴살을 수북이 얹어 주면 끝. 간이 되어 있는 시판 닭가슴살인데도 추가 양념을 해주니 훨씬 먹기가 좋다. 좋아하는 양념은 마음껏 추가하기! 대를 위한 소의 허용이다. 알록달록한 홈 메이드 피클로 씹는 맛과 색감을 더해 준다.

"앗, 고기가 아니었어?" 허탈한 외침이 귀에 꽂힌다. 속이려고 속인 것은 아닌데 어쩐 일인지 고기를 닮은 서리태 두부가 기대감을 주었나 보다. 서리태 두부는 달군 팬에서 으깨 가며 물기를 날리고, 검은깨를 추가해 고소한 맛을 더해 준다. 기본 흰 두부였으면 사기 피해자가 안 생겼으려나?

달걀은 잘 섞어 팬에서 소보로로 만들어 둔다. 뜨거운 물에 적신 현미 라이스페이퍼 위에 쌈케일잎을 얹고 달걀 소보로, 서리태 두부 소보로를 넉넉히 올린다. 세 가지 색 당근, 반찬으로 먹던 연근조림, 꼭 짠 절인 무쌈도 더해 잘 말아 준다. 뜨거운 가마에서 쏟아져 나온 도자기들 중 정작 성한 것은 드물다더니, 매끈하게 잘 완성하는 것이 쉽지 않다. 속 재료는 늘 그렇듯 한쪽으로 몰려 있고. 옆구리 터지지 않은 것들을 조심조심 골라 접시에 예쁘게 담는다.

이 정도 끙끙대며 애쓰는 사기꾼이라면 딱해서 용서해 줄 것만 같다!

빨간 맛 호박, 가지 돌돌말이 구이

Red Hot Roast: Pumpkin & Eggplant Roll-Ups

몇몇 프렌치 요리 소개 동영상에서 본 레시피의 응용편이다. 원래는 초록 주키니가 주재료지만 쉽게 구할 수 있는 애호박으로 대신했다. 노랑 주키니와 가지도 추가해, 필러로 길쭉하게 잘라 소금 간 해놓으면 기본 준비는 끝난다.

원 레시피로는 용기 바닥에 토마토소스를 넉넉하게 까는 정도지만 생토마토와 필러로 잘라 내고 남은 채소 자투리도 다져 두었다. 식감도 살리고 '제로 웨이스트'를 실현할 생각에 흐뭇하기만 했는데… 반병 남은 토마토소스 땡처리 계획은 수포로 돌아가고 말았다, 그새 들어앉은 불청객 곰팡이 녀석들 때문에. 소스 병이 원체 커서 남길 수밖에 없었다는 변명거리가 무색하게도 방치 기간이 너무 길었다. 아린 마음으로 냉장고를 뒤져 여기저기 남은 붉은 소스류들을 탈탈 털어 들이부었다. 그중에는 매운 아리사 소스, 고추장 넣은 핫소스도 있었다. 졸지에 순한 맛이 매운맛으로 돌변! 누가 볼까 두려워 곰팡이 소스는 빛의 속도로 처리해 준다.

오합지졸 빨간 소스 연합군이 담긴 용기는 오븐에 넣어 놓고, 손을 부지런히 놀린다. 얇게 썰어 둔 애호박, 노랑 주키니, 가지 속에 크림치즈, 통조림 정어리, 미상의 냉장고 속 잉여 치즈를 넣고 돌돌 만다. 틈틈이 불구덩이 속 소스를 뒤적뒤적해 주면서 말이다. 어느 정도 돌돌말이가 준비되면 오븐에서 용기를 꺼내, 이제는 한 몸이 된 소스 위에 말아 둔 것들을 적당히 배치한다. 마지막으로 건조 방지용 올리브오일 붓칠을 해 주면 손 가는 일은 끝. 다시 오븐에 넣어 불의 오묘한 처분만을 기다리면 된다.

워낙 맛없기가 어려운 조합인지라 처음 시도치고는 성공이다. 정성 들어간 티를 내주는 비주얼에 맛도 훌륭해서 주말 특식이나 손님 상차림에 추천하고 싶다. 돌돌 만 것들에서 치즈가 조금 흘러나와 바닥 소스에 스며드는 것은 오히려 좋은 효과를 주는 것 같다. 집에 정어리 통조림이 몇 개나 있어서 넣어 보았을 뿐, 원래는 치즈만 넣는 레시피이니 응용은 각자 취향껏 하면 된다. 고기소, 새우 등으로 속을 채워도 좋을 것 같다. 마지막으로 지인이 키워서 선물해 준 한련화꽃을 척 얹으니 제법 치명적 분위기가 난다.

빨간 그릇에 빨간 소스, 유혹하는 꽃들. 문득 프랑스 작곡가 조르주 비제의 오페라 〈카르멘〉이 떠오른다. 동네 음악감상

Zucchini

수업에서 들은 바에 의하면, 비범하고 야심에 찬 작곡가 비제의 〈카르멘〉은 지순한 약혼자를 저버리고 파멸적 사랑에 몸을 맡긴 남주가 끝내 실연의 고통을 못 이겨 팜므 파탈 여주 카르멘을 살해하고 마는 비극적 내용이다. 공들인 작품의 초연 실패 이후, 대반전급 성공은 보지도 못한 채, 젊은 나이에 생을 마감한 작곡가의 사연 또한 처연하다. 초연에 반응이 싸늘했던 이유는 여주인공(순진한 시골 아가씨, 귀족 처자도 아닌 비천한 집시 신분으로)이 전도양양한 청년을 유혹하는 내용이 교육상 안 좋다는 여론 때문이었다고 한다. 시대를 몇 발자국 앞서간 걸작이 감내해야 할 혹독한 운명이었다고 할까.

빨간 맛과 대비되는, 새콤달콤하게 절인 청순한 타겟비트와 치커리를 조합한 샐러드를 준비해 보았다. 당시 대중들은 이런 여주인공을 원했던 것일까? 혀끝에 감겨 오는 기분 좋게 알싸하고 농밀한 맛, 순하고 상큼한 맛 다 좋은 걸 어떡하지!

치커리를 잘게 잘라
빙 둘러 담고, 타겟비
트를 얇게 저며 꽃처
럼 쌓는다.

꽃 모양 딸기, 바나나,
젤리, 머랭, 요거트와
생크림 섞은 것을 함
께 낸다. 분홍 설탕 가
루로 장식한다.

내 식탁 위에서는 갑오징어가 갑!

On My Table, Cuttlefish Is King

살이 두터워 고마운 갑오징어. 요즘 재래시장에 가보면 까만 먹물 범벅이 되어, 좌판에 쫙 깔려 있다. 만만한 가격에 데려올 수 있는 좋은 기회다. 몸이 통통하고 다리가 짤막한 갑오징어는 어쩐지 내적 친밀감을 느끼게 한다. 흠칫 놀라 아니라고 손을 저어 봐도 소용없다.

싱가포르 여행에서 사 온 페퍼 크랩 소스가 아직껏 미개봉 상태여서 게 대신 갑오징어에 입혀 보았다. 후추 범벅이라 색이 어두워 파프리카 가루를 듬뿍 섞어 준다. 정체는 페퍼소스 갑오징어지만 생긴 건 영락없는 칠리소스 갑오징어다.

곁들임 채소는 노랑 주키니, 토마토, 완두콩. 둥근 모양 그대로 썬 주키니와 토마토를 번갈아 담고 오일과 소금, 허브 등을 뿌려 준다. 오븐에 넣어 살짝 굽다가 소스에 버무린 갑오징어를 얹어 마저 익혀 준다. 오징어를 그다지 좋아하지 않는 젊은이의 호응을 얻어 냈으니 성공이다. "이렇게 양념한 건 괜찮네!"가 최고 평가일 정도로 평소 호감도가 낮으니 오징어 애호가의 한 사람으로 안타깝다. 부디 '고단백 저지방의 화신'인 오징어를 재평가해 주기를 바랄 뿐이다. 일찍이 한 체육인은 부르짖었다, "지겨운 닭가슴살은 가라. 이제는 삶은 오징어의 시대다!" 숙회도 좋고 매콤한 빨간 양념도 좋지만, 가끔은 색다른 변화를 주어 오징어의 진가를 모르는 이들을 유혹해 보자.

친정어머니는 C마트에 가실 때마다 가성비 좋은 양송이수프를 꼭 사드신다고 한다. 제맛을 알려야 한다는 사명감에 불타, 2배 이상 비싼 레스토랑표 수프를 사드려 보았다. "어때요? 뭐가 달라요?" 기대에 차서 눈을 반짝반짝 빛내 보았지만 "똑같다!"는 다소 실망스러운 답이 돌아왔다. '양송이수프 맛을 잘 모르시는 거 아냐?' 의심이 들기도 했다. 하지만 믿을 만한 지인 또한 그 수프를 칭찬하는 것이 아닌가. 어머니의 '애정 양송이수프'를 이겨야 한다는 비상한 경쟁심과 질투에 사로잡혀 양송이를 팍팍 욱여넣어 수프를 만들어 보았다. 감자를 얇게 저며 올리브오일에 볶다가 양송이와 양파를 넣고 푹 익힌다. 우유를 적당량 부어 살짝만 끓인 후 블렌더를 이용해 곱게 갈아 준다. 치즈, 생크림 등을 추가해 줄 수도 있다. 의욕에 차서 사들인 양송이가 점점 못생겨질 때 잽싸게 만들면 맛있다는 칭찬도 듣고 살림 잘한다는 자부심에 뿌듯해진다. 괜한 경쟁심에 만들어 본 수프는 정작 어머니께 대접은커

Black Pepper
Summer
watermelon
salad

녕 우리 집에서 바닥을 보고 말았다. 훗날을 기약할 수밖에. 효도는 늘 다음번, 형편 좋을 때에!

반값 세일에 혹해 낑낑대며 들고 온 수박이 맛없을 때, "그럼 그렇지!" 하며 끓어오른 분노와 의심이 사그라질 때쯤 '배신을 1도 모르는 수박 샐러드'를 만드는 방법도 있다. 얇게 저민 수박에 레몬즙, 올리브오일을 살짝 뿌려 주고 치즈류까지 더하면 고소함이 점점이 박힌 싱그러운 여름 맛 계절 샐러드가 된다. 민트나 바질 등을 얹어 주면 보기에도 좋고 풍미도 급상승한다.

오래전 시카고의 어떤 레스토랑 메뉴판에서 발견한 'summer watermelon salad'는 너무 궁금해서 시키지 않을 수 없었다. 수박이 이렇게나 우아해질 수도 있구나, 신기했었다. 어떻게 먹어도 맛있기만 한 수박과 여름 내내 동행할 것을 생각하니 기분이 좋아진다. 소파 구석에서 종종 발견되는 수박씨의 출처는 늘 '나'라고 믿는 가족들의 의심은 꽤나 정당하다.

K-전기구이 통닭과 스페인 파에야의
떳떳한 만남

An Unapologetic Encounter:
K-Rotisserie Chicken Meets Spanish Paella

붐비는 식당 앞을 지나게 되었다. 궁금하기 짝이 없는, 문전성시 식당의 정체는 바로 통닭집. 노릇노릇 잘 구워진 전기구이 통닭이 돌판 위에 꽉 차게 납작 엎드려 있었다.

어머나, 이런 건 바로 따라 해야 해! 누군가가 긴 출장에서 돌아오는데 '대환영 밥상'에 대한 계획은 안개 속인, 절체절명의 순간에는 더더욱. 먹기 좋게 잘린 닭을 선호하는 평소와는 달리 3D 생닭 한 마리를 산 후, 껍질을 홀라당 벗기고 능숙한 듯, 소금물을 넉넉히 만들어 염지를 한다. 고작 생애 두 번째 염지지만 간이 속속 배어들고 살도 촉촉해져서 추천하는 바이다. 닭 한 마리에도 정성을 다하는 자기 자신을 리스펙하게 될 것이다. 사프란까지 넣어 풍미를 높이고 색도 예쁘게 입혀본다. 지인이 준 선물이라 아끼다 보니 냉동에 계속 남아 있어 큰맘 먹고 탈탈 털어 넣는다. 귀한 손님 대접 시 생색내며 쓰면 좋을 것 같다. 사프란은 색도 곱게 내주지만 특이한 향

217

이 매력적이다.

내친김에 밥도 사프란 우려낸 물로 지어 제대로 럭셔리 사프란 특집을 만든다. 치킨스톡으로 간을 해 숟가락질을 멈출 수 없는 중독성 강한 밥을 완성한다. 예술적 칼질로 3D를 2D로 주저앉힌 닭을 오븐에 굽다가 어느 정도 익으면 올리브오일에 섞어 만든 매운 양념을 골고루 발라 준다. 다시 오븐에 넣은 닭이 마저 익어 가는 사이, 노란 사프란 밥을 넓은 팬에 얇게 펴 바르고 파프리카도 얹어 준다. 오늘의 주인공 '납작 닭'을 중앙에 척 올리면 끝. 밥을 펴 바르는 동안 팬을 약불 위에 올려놓고 있으면 식지 않고 파프리카는 살짝 익어 먹기 좋다. 입체형 닭을 평면형으로 바꾼 것만으로도 어쩐지 새로운 느낌이다. 넓은 팬을 사용해 밥도 생각보다 많이 들고 닭은 상대적으로 작아 보이지만 말이다. 닭을 노릇노릇 먹음직스럽게 구워 내는 것이 성공의 열쇠일 것 같다.

더위를 몰고 출장에서 돌아온 이를 환영하는 몸보신 밥상이자 '식당 음식 응용하기 프로젝트'는 성공적! 닭죽도 함께 먹을 수 있다니 삼계탕을 재미있게 풀어낸 것일까? 물에 들어갔다 온 고기보다는 구운 고기를 좋아하는 이들의 취향을 저격하는 것일 수도 있다. 얼마 전 다녀온 닭 누룽지탕 맛집에서는 잘 삶은 닭과 누룽지탕을 2단으로 쌓아 시차를 두고 먹게 하여 좋은 아이디어라고 생각했다. 재해석이란 게 이런 건가? 고슬고슬한 밥을 즐기는 취향에 따라 파에야 형태로 만

Paella
Paprika
Saffron

든 건 재해석의 재해석. 어느 형태로 조리되어도 우리의 영원
한 밥심의 근원, 쌀을 쌀앙仰합니다!

귀국 길에 파에야라니 너무 서양식이 아니냐고? 그럴 리가.
우리 집의 영원한 베스트셀러 등갈비 김치찜은 당연히 준비
했다, 사진만 못 찍었을 뿐. 여행 중에는 한식을 굳이 찾지 않
는 세계인(?)인 우리 부부는 귀국만 하면 매운 것을 찾아 먹
는 정체성이 확고한 사람들이다. 등갈비찜을 국물까지 다 퍼
먹느라 정작 통닭 파에야를 많이 남긴 것은 당연한 귀결일지
도.

햄으로 감싼 아스파
라거스, 대추토마토,
방울양배추를 익혀
미니 파프리카와 함
께 낸다.

1. 사과, 양파, 달걀 등
각종 재료를 다져 아
이올리로 버무려 담고
아보카도를 올린다.
2. 꽃 모양 딸기로 장
식한다.

베트남 3일천하

태어나서 베트남에 딱 3일 있어 봤다. 하필 얌전한 태풍을 만나 1년 맞을 비를 다 맞으며 돌아다녔다. 두 번 망고 빙수를 먹었는데 망고가 너무 많아서 밑에 깔린 얼음 가루가 더 귀하게 느껴지는 진기한 경험을 했다. 그럼에도 이럴 때만 한계를 브이는 위 덕분에 현지 음식을 충분히 먹어 보지 못한 아쉬움이 남는다.

물에 담그지 않아도 되는 라이스페이퍼를 발견한 기쁨에, 신이 나서 베트남 쌈 파티 중이다. 냉동에 얼려 둔 어묵과 게맛살, 무쌈, 풋고추, 상추와 민트를 듬뿍 넣어 만든다. 길게 자른 어묵에 고춧가루, 마늘, 꽃게소스, 식초를 넣으니 다시 베트남으로 날아간 듯, 익숙한 냄새가 난다. 현지 시장에서 본 정체를 알 수 없는 진한 젓갈들, 김장 김치 담그면 무척이나 맛있을 것 같다. 가벼운 멸치액젓은 오래전 프랑스살이 시절에도 큰 도움을 주었다. 꼬투리 김밥처럼 속 재료가 삐져나온 베트남 쌈을 모아놓으니 초록 부케 같다. 식용 꽃도 살짝 얹어 본다.

역시 본토에 가니 쌀국수에도 다양한 색이 존재하고 있었다, 우리 국수가 그런 것처럼. 그중 마음을 사로잡은 검붉은 칠리 국수를 삶아 보니 아쉽게도 마른 고추색은 사라지고 약간의 붉은 기만 남는다. 피쉬소스와 화이트와인 식초, 참기름 등을 넣어 간을 해준 후 접시에 얌전히 담고 새우, 갑오징어, 토마토, 민트잎 등을 둘러 준다. 당분간 원 없이 쌈을 해 먹고자 구입한 애플민트 한 다발. 잎이 거의 바질잎 수준으로 크다. 현지에서 주로 먹는 민트와는 조금 다른 종류이지만 그래도 감지덕지다. 민트잎은 디저트 등 이리저리 쓸모를 개발하면 될 것 같다. 모히토의 필수 재료이기도 하고. 농부님이 물에 넣어 놓으라고 해서 꽃병에 꽂아 두었다.

이번에 처음 먹어 본 노란 반쎄오 만드는 법이 궁금해 찾아보니 달걀부침이 아닌 강황 가루, 쌀가루 등을 조합한 베트남식 부침가루에 속 재료를 넣어 만든 것이다. 반쎄오 가루는 여기서도 구입이 가능하다고 하니 조만간 도전해 보아야겠다. 예습을 하고 갔더라면 내 짐가방이 더더욱 남아나지 않았을 테지만 복습도 가능하니 다행이다. 조만간 또 한 번의 베트남 특집이 예상된다.

기계자수지만 섬세하게 수가 놓인 시원한 원피스가 현지 재

래시장에서 만 원. 그 나라 여자 평균 체형인지 길이도 품도 딱이다. 옷이 시원해 보인다는 이들에게 '명품 원피스'라고 허풍을 떨어 본다. 오전에 맘에 들어 눈도장 찍어 놓고 갔던 옷을 오후에 다시 가서 물어보니 가격을 올려 말한다. 그 가격이 아니었다는 날카로운 지적에 바로 웃음으로 인정해 버리는 베트남 여인. 나도 만만치 않은 한국 아줌마라고요.

물가가 싼 그곳에서 가장들은 어쩐지 조금은 떳떳해 보였다. 여기서는 좀처럼 가기 힘든 호텔 조식 코너에서 어떤 딸이 "너무 좋아!"라고 외치는 것을 들었다. 내 맘이 그 맘이야! 어느 날 아침에는 남다른 미모의 모녀가 눈길을 사로잡았다. 잠시 후에 보니 사라진 그들. 설마, 이렇게 빨리 조식을 끝낸다고? 미모의 원천이 그럼… 다행히도 그들은 추울 정도의 에어컨을 피해 야외 자리로 옮긴 거였다. 휴, 그럼 그렇지.

여기 오니 날씨가 쾌청하다. 햇빛이 이런 거구나. 이곳이 오히려 이국적이다.

동글동글 완자의 변신

Round and Cute Wanjas

같은 고기라도 동글동글 완자 형태로 먹으면 어린아이처럼 기분이 좋아진다. 얼마 전 방문한 베트남에서 분짜(삶은 쌀국수 면을 소스에 적셔 고기, 채소와 함께 먹는 음식)에 나온 완자의 감동이 너무 컸기 때문일까? 잡내 없이 고소한 단, 짠의 맛에 반해 버렸다.

오랜만에 해보니 완자 만들기는 생각보다 쉽다. 든든한 블렌더와 오븐 덕분이다. 목살 1팩을 블렌더에 욱여넣고 베트남에서 사 온 정체불명의 가루와 맛간장, 민트, 양파, 후추, 마늘 등을 넣고 팍팍 갈아 준다. 큼직하게 완자를 빚어 오븐(에어프라이어)에 넣어 굽다가 중간에 한 번 뒤집어 주면 끝. 요리 명장 아니어도 15분 컷이 가능하다. 완자가 익는 사이 노랑, 초록 주키니, 당근을 감자 칼로 길게 썰어 올리브오일, 소금을 넣고 섞은 후, 완자에 뒤이어 오븐에 넣어 준다. 얇게 썬 채소들이라 완자보다는 익는 시간이 훨씬 짧게 걸린다. 감자

칼이 미처 썰어 내지 못한 남은 덩어리들도 함께 익혀 준다. 익혀 낸 완자의 간이 약간 모자란 것 같아 맛간장을 바글바글 끓여 살짝 굴려 준다. 색도 더 먹음직해지고 촉촉한 윤기가 더해진 듯하다. 접시에 3가지 색, 익힌 채소들을 깔고 손바닥에서 빚어낸 옥동자 완자들을 올려 준다. 어쩐지 꽤나 정성이 들어간 듯한 때깔(?)이 완성된다. 술안주로도 어울릴 것 같다.

환호로 맞아들인 완자도 두 번째 먹으면 감동이 준다고? 이번에는 으깨서 빵 위에 얹어 브런치로 먹어 보자. 호밀빵 위에 절인 적양배추, 당근, 오이채를 얹고 내 손으로 부숴 버린 완자를 얹은 후, 화사함을 더하기 위해 삶은 달걀 조각도 살포시 더해 본다. 남국 여행의 추억을 상기시키는 약간의 고수로 마무리. 베트남 바게트 샌드위치 반미에 대한 내 방식의 오마주! 여기에 요즘 제철인 살구, 신비, 신선 복숭아를 조각 내어 그릭 요거트 위에 얹어 낸다. 자체 발광물질이라도 되는 듯 식탁이 환해지고 먹기 전부터 맛있다. 욕심이 과해 너무 많은 고명을 얹은 오픈 샌드위치는 포크의 도움을 받아야 했다. 빵을 한 겹 덮으면 먹기 쉬워질 것이다.

아직 제대로 뜨거운 맛을 보지 않아서인지 갖가지 먹을거리가 풍성한 여름이 훌륭해 보인다. 실패할 때가 많은 살구도 맛이 제대로 들면 복숭아를 압도할 수 있음을 깨달았다. 살구의 주황색 속살에 제대로 반해 버렸다.

두 끼를 이어 속을 든든히 채워 준 완자 내 새끼들, 고마워!

팬에 구워 적당히 잘라 상추나 김치와 함께 먹던 목살에 약간 변화를 주니 식탁이 다채롭고 재밌어진다. 어쩌면 그 재미는 나만의 감동일 수도 있지만 약간의 귀찮음을 불사하고 완자 빚기에 나선 내 두 손을 칭찬하고 싶다. 늘 하던 대로 고기에서 야멸차게 기름을 다 제거하지 않은 대범함이 촉촉한 완자 맛을 얻어 낸 것일 수도 있다. 고기 만두소도 비계가 적당한 비율로 섞여야 맛있다고 하지 않나.

지금 막 시작한 장마가 지나면 우리에게 어떤 혹독한 더위가 찾아올지 모르겠다. 아직은 여유로운 마음으로 여름을 찬양하며, 무섭게 돌변할 여름이 '옜다 먹어라!' 던져 주는 다채로운 색과 맛의 먹거리들에 빠져 보자. 생각해 보니 남국의 추억에 아련해질 필요가 없다. 곧 여기가 베트남이 될 것이니. 어느 해에는 동남아보다 더웠다는 대~한민국이다.

사이쿵이여 다시 한번!

Sai Kung Again

"세상에 이런 맛이?" 홍콩 사이쿵 어촌 시푸드 식당을 잊지 못한다. 손짓, 발짓으로 해물의 종류와 양, 조리법까지 정하고 덤으로 가격 흥정까지… 이 고된 과정조차 추억이다. 보통 바닷가 어시장에서는 약간의 밀당 끝에 "알아서 해주세요!"를 외치고 말지만 해외라면 다른 얘기. 얕보여 바가지라도 쓸까 봐, 조금 더 전투력을 갖추고 용을 쓰게 된다.

고생 끝에 얻은 행복은 수북이 쌓인 조개껍데기, 생선 가시 등으로 증명된다. 소스가 과하지 않고 단, 짠, 적당한 마늘 맛 등이 조화롭다. 마법 가루의 공로도 있었겠지만 살아 펄떡이는 해산물 자체의 감칠맛이 엄청났을 거다. 다시 그 바닷가로 간다면, 그 감동 그대로일까? 요즘 사진을 찾아보니 다 자라 군대까지 다녀온 친척 사내아이만큼이나 낯설다.

금테 두른 접시에 의젓하게 자리 잡은 큼직한 가리비 관자들,

냉동 출신이다. 얇고 투명한 녹두 당면은 적당히 달고 짜게, 살짝궁 시고 고소하게 간을 한다. 관자 굽기에 특히 심혈을 기울여야 한다. '프렌치 요리 수련'을 위해 대량 구매한 버터를 사용할 좋은 기회다. 국수 위에 구운 관자 얹고 각종 가루 뿌려 주고 고수도 점점이 곁들인다. 폭탄 투하용 고수잎은 따로 챙겨 둔다. 조개류에 마늘을 듬뿍 얹고 멍빈 누들을 곁들여 먹는 중국(혹은 동남아?) 요리를 응용해 보았다. 여행지에서 주문했다가 재료 소진으로 못 먹고 가슴에 남아 있던 것을 이번에 한풀이했다.

선동 오징어 속에 도토리 국수와 숙주를 넣어 '흑백 오징어' 콘셉트를 잡아 본다. 매끄러운 도토리묵의 식감이 그대로 느껴지는 국수와 살캉살캉한 숙주. 국수는 단, 짠, 기름맛으로 묵직하게, 숙주는 산미를 가미해 가볍게 양념해 준다. 매번 속 재료와 함께 오징어를 찌다가 이번에는 따로따로 익혀 합체해 보았다. 이럴 수가, 훨씬 쉽다! 신이 나서 재료를 쑤셔 넣다가는 자를 때 고생하니 절제가 필요하다. 꼬마 오이는 칼집을 내어 소금에 절인 후, 색색 파프리카를 다져 끼워 넣고 팔팔 끓인 단촛물을 부어 둔다. 매운 소스를 오징어순대 위에 뿌려 엑센트를 주고 비장의 무기, 노랑 콜리플라워를 빙 둘러 장식한다. 색이 고와서 어느 분이 집었다가 포기한 것을 잽싸게 가진 것이다. 아쉬운 한숨 소리를 애써 모른 척했다. 계산할 때 보니 아뿔싸, 가격이… 무르기엔 늦었다. 잘하신 겁니다, 조금 질겼어요. 제가 냉장고에서 너무 오래 숙성시킨 탓일까요?

tulli's kitchen

관자와 오징어를 한 상에? 무슨 말씀. 한 번에 하나씩도 버겁다. 생물을 즉석에서 요리하는 '사이쿵의 매직'은 재현 불가능. '프렌치 요리 독학생'의 근성으로 낑낑대며 만들어 보는 수밖에 없다. 접시 밖으로 밀려난 수많은 실패작 덕에, 이미 배는 부르다. 덜 익은, 혹은 과하게 익은 관자가 나뒹굴고, 속이 터져 나온 오징어순대는 스산한 산발을 하고 있다.

털실을 이렇게 저렇게 엮다가, 또 마음에 안 들면 풀어 버리는 뜨개질이 이런 느낌일까? '패완얼'처럼, 근사한 접시에 담긴 음식을 보면 종국에는 그릇이 다 하는 건가, 싶기도. '왜 난 멋진 그릇 없어?' 미흡한 건, 다른 것 탓이라고 미루고 싶다. 색다른 식재료 덕 보려고 누가 아쉽게 내려놓은 걸 바로 낚아채는 처지에 할 말은 아니지만. 꼬불꼬불해진 실의 재활용 정도는 아니지만, 망친 요리는 내가 먹을 수 있어서 그나마 안심이다.

딸기 으깬 것 위에 그릭 요거트 얹고 바나나 슬라이스를 올려 준다. 초콜릿 조각을 끼워 넣고 귤청을 뿌려 준 후, 동결 딸기 가루로 마무리한다.

239

장난의 재미

백설 공주를 유혹한 폼므 파탈(불어로 폼므pomme는 사과)만큼이나 새빨갛고, 길쭉한 사과에 장난질을 친다. 윗부분은 크게 파내고, 옆으로는 귀여운 방울 무늬를 만들어 준다. 과일을 동그랗게 파내는 도구를 이용하면 편하다. 크게 파낸 곳에 초를 담아 식탁을 밝힌다. 예약제 전시회인 줄 모르고 갔다가 허탕 치고, 아트샵에서 굿즈만 사 온, 쿠사마 야요이의 '점박이 호박'에서 영감을 얻었다.

요리는 끈질기게 노동력을 요구하는 가내 수작업이다. 다행히 좋은 도구들이 톡톡히 제 역할을 하고 있지만 사들이고 정리하는 일들도 쉬운 건 아니다. 비싼 값일 경우, '앞으로 내가 살면 얼마나 살겠어?'라며 쉽게 포기하곤 한다. 같은 멘트로 친정어머니는 얼마 전부터 장식장 붙박이 H사 머그잔을 꺼내 쓰고 계시지만. "귀찮아!"를 입에 달고 사는 내가, 그나마 손을 꼼지락거리며 요리를 하는 것은, 아무리 생각해도 불가

241

사의하고 한편으론 다행이다.

지루한 노동을 기본으로 깔고 가는 중에 특별히 덜 귀찮고 재 밌는 순간들이 있다. 이를테면 빨간 점박이 사과 촛대를 만들 때 같은? 혼자 즐거우면 될 걸 누가 모르고 지나갈까 봐 콕 집 어 알려 주며 뜨뜻미지근한 리액션이라도 꼭 챙기고야 만다.

'딸기 달걀'과 '은촛대 위의 딸기'도 나에게는 빅재미다. 창백 한 딸기색에 질색하는 분도 있지만 나는 특이한 생김에 이끌 려 가끔 사곤 한다. 달걀판 모양의 식기를 이용하는 어느 식 당에서 아이디어를 얻어 실제 달걀(보호)판 속에 만년설 딸 기를 담아 보았다. '은촛대 위의 딸기'는 사과 촛대와는 반대 로 딸기가 초가 된 경우다. 시어머니의 그릇장에서 발굴한, 오래되었지만 새것인 촛대가 너무 예쁘고 아까워 만들어 보 았다. 손님 초대 자리에 내놓으면 최소 '헛웃음 유발' 보장이 다. 단 한 번 쓰인 은촛대는 다시 곱게 싸매어져 어머니 그릇 장에서 내 그릇장으로 거처를 옮겼다. 예쁘고 귀할수록 자주 써야 하거늘, 푸념과는 달리 나는 '살날이 아주 많은' 모양이 다.

243

'펭귄 가족의 망명'은 지구 온난화에 경종을 울리려는 깊은 뜻은 애초에 없었으나 작품의 완성 후, 애써 의미를 부여해 보았다. 드라마 〈태양의 후예〉 속, 헬기에서 내려 위용 있게 등장하는 유시진 대위와 그의 부하들, 혹은 헐렁한 이불 유령들을 더 닮은 것 같기는 하지만. 미니 가지를 편으로 썰어 구운 후, 크림치즈를 발라 주었더니 뜻밖에 맛도 있다는 가족들의 호평이 있었다.

배달 아귀찜 남은 국물에 밥을 볶은, '별이 되지 못한 불가사리'가 처음부터 재미를 추구했던 것은 아니다. 흔한 하트 모양에서 난도 있는 별 모양으로 변화를 주려고 했을 뿐. 하지만 기술 부족으로 불가사리가 된 후, 뜻밖의 '웃픔'을 선물해주었다.

키득키득 웃게 되는 이런 순간들이 좋다. 살짝 엇나간 요리들은 보는 사람들을 즐겁게 만든다. 의도치 않다가 혹은 의도했는데도 얼어걸리는 재미, 꽤나 쏠쏠하다.

은촛대
위의
딸기

딸기
달걀

246

개발자의 보람

A Creator's Satisfaction

'채소 파르페', 의도는 창대했다. 꾸미도 얹어 화려함의 끝판
왕을 구현하고 싶었으나 결과물은 간소한 3스쿱. 그래도 알
알이 정성은 꽉 차게 들어 있다. 먼저 자색감자를 포실하게
쪄서 간을 한 후, 비닐 랩을 이용해 동그랗게 만든다. 그다음
익힌 두부를 으깨, 견과류와 함께 뭉쳐 호두 아이스크림을 흉
내 내려고 했지만 감자와는 달리 말을 잘 안 듣는다. 땀을 삐
질삐질 흘리며 겨우 모양 만들기에 성공. 마지막으로 아보카
도를 잘게 다진 토마토와 합체하여 녹차 아이스크림 뺄을 내
려 했으나 이 역시 찐득찐득 랩에 달라붙기만 한다. 천신만고
끝에 3스쿱이나마 완성, 다채로운 꾸미 만들 체력은 남아 있
지도 않다. 재료의 물성을 좀 더 이해해야 하는가 싶다.

'fun fun 혹은 뻔뻔'이라 명명한 토마토 버거. 버거의 단골 속
재료인 토마토가 밖으로 나와 번으로 변신했다. 적양배추, 치
즈, 상춧잎이 속을 채우고 있다. 프렌치프라이를 흉내 낸 막

대기 모양 사과로 뻔뻔 무드를 이어 간다. 어떤 식당에서 토마토 사이에 상추를 끼워 에피타이저로 내놓은 것을 보고 버거 같다고 생각, 발전시켜 보았다. 가끔 만들어 보는 이런 '사기성 요리들'은 작업 만족도가 꽤나 높다. 감옥 갈 걱정 없으니 다른 이들의 어이없음은 생각지 말자.

감자와 단호박을 으깬 후, 치즈를 섞어 레몬 모양으로 빚어 보았다. 잠깐 배운 적 있는 튀르키예 요리 중, 레몬 모양의 고기완자 튀김이 있어서 따라해 보았다. 치즈 대신 고기소를 넣어 빚을 수도 있겠다. 뜻한 바는 레몬이었으나 송편을 닮은 것 같기도. 못생긴 유기농 레몬이라고 치자. 바질 페스토를 발라 주니 라임으로 변신! 견과류를 듬뿍 넣고 만든 페스토라 맛도 영양도 풍부해진다. 제목은 '살찌우는 레몬 & 라임', 지방 제거나 디톡스의 효능은 없지만 신 거 싫어하시는 분께 적극 추천합니다!

디저트야말로 개발자의 창작 욕구를 널뛰게 하는 천혜의 영역이다. 제목에서 그 의도가 노골적으로 드러나는 '유과, 널 가만두지 않겠어!' 핫해진 지 오래인 약과에 이어 유과도 손보아 줄 때가 왔다고 생각한다. 세 가지 색 유과를 길게 반 갈라 요거트, 크림치즈 베이스의 필링을 발라 준다. 견과류, 건과일을 뿌려 예쁘고도 건강한 맛 디저트로 업그레이드시켜 준다. 세상에 하나밖에 없는 나만의 디저트. 재료들이 맛있으니 실패작 처리도 문제없다.

dessert
sweetness to conclude the meal
harmony of textures and flavors
melt
dessert
sensory pleasure
(visual, olfactory, tactile)
tulis kitchen

보통의 개발은 '모 아니면 도'의 결과를 낳지만, 가정 요리 분야의 개발은 위험도가 상대적으로 낮다. 너무 '괴작'이 되어 버리면 상에 올라가지 못하고 도마에서 최후를 맞는 정도다. 치매 예방에 도움이 되고 새삼 겸손해지는 계기가 될 수도 있다. 망해 봤자 원래 세상에 존재하지 않았으니 조용히 사라지면 끝이다. 내 유과 아이디어가 너무 훌륭해서 남들이 따라 할까 초조했지만 다행히도 그런 일은 아직 일어나지 않고 있다.

직업 셰프가 아닌, 소비가 전문인 입장이라도 자기만의 레시피, 혹은 먹는 방식을 가진 이들은 많을 것이다. 자유롭게 응용하고 나아가 개발하는 것은 즐겁다. 부엌은 난장판이고 시간은 나만 두고 훌쩍 달아나, 아찔한 현타가 오기는 하지만 말이다.

마지막으로 간장 양념한 파스타 번데기! 나만 재밌는 것 같은 건 기분 탓일까?

fun fun
혹은
뻔뻔

살찌우는
레몬&
라임

유과, 널
가만두지
않겠어!

파스타
번데기

254

새로운 요리의 발견이 새로운 별의 발견보다
인간을 더 행복하게 만든다.

La découverte d'un mets nouveau fait plus
pour le bonheur du genre humain que
la découverte d'une étoile.
(Jean Anthelme Brillat-Savarin)